F.A.H

VIDAS

RELATOS Y PENSAMIENTOS

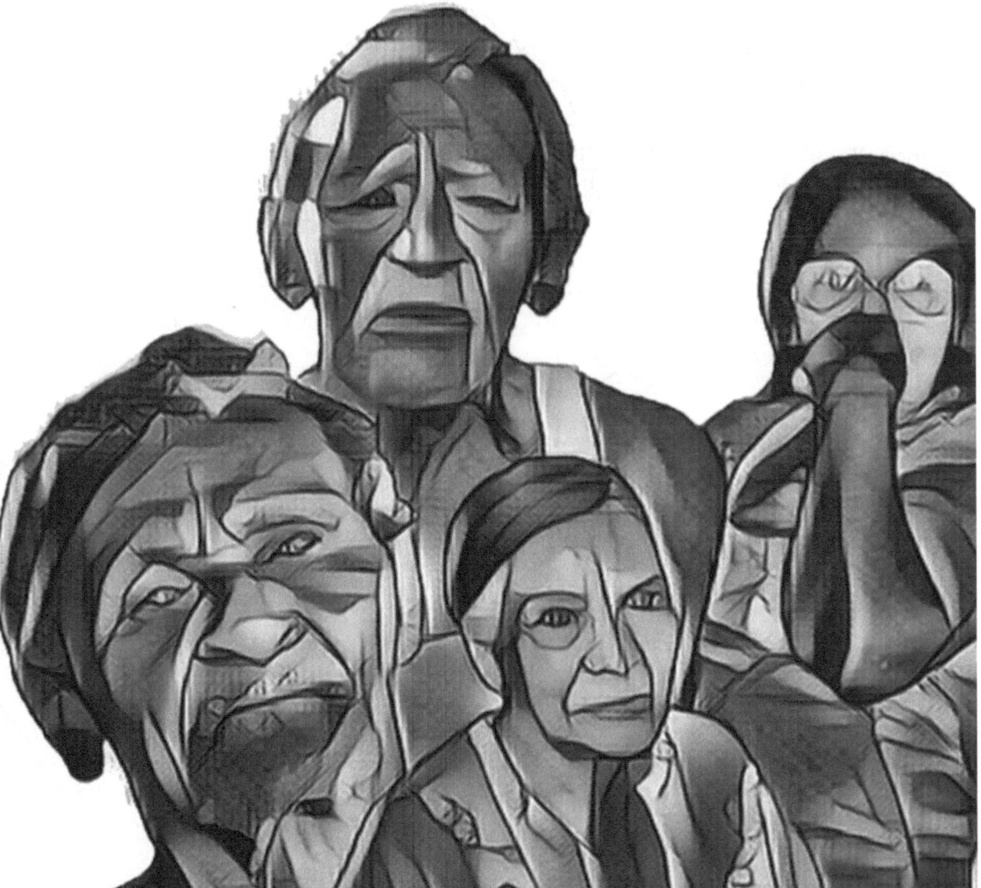

ISBN libro de bolsillo: 978-17370337-0-7

ISBN libro Digital: 978-17370337-1-4

ISBN: Libro Carpeta Dura: ISBN: 978-1-7370337-2-1

Ilustraciones de Ethan Adorno y Alland Adorno.   Portada: F.A.H

Editado por la Señora Judith Torres

1ª edición 2021

CONTENIDO

Dedicatoria   V

A manera de Prologo   VI

Relatos   1

1. El Extranjero   2

2. Estampas   14

3. El Fantasma del Camino   19

4. La Cajita de las Preguntas   28

5. Debajo del Flamboyán   38

6. Mandamientos   51

7. Hormigueros   56

8. La Última Muerte   66

9. Insomnios   77

10. Compadres   86

11. Mi Vida   97

Pensamientos   99

12. A Orillas del Mar   100
     Escrito por mi mamá

13. El Vacío de tu Presencia   101
     Por mi papá

14. ¿Quién Vendra por Mi?   103

15. Es Por Ti   106

16. Caminos Eternos   107

Autobiografía   109

Otros Trabajos del Autor   111

Dedicatoria

POR MIS VIEJOS EN el orden que se me fueron: Fortuna, Teresa, Pedro, Ismael, Félix y Antonia. Sin sus historias no existiría la mía y no habría ninguna de estas que he escrito.

Por mi mamá Marina, la única que me queda...

Y por ellos es que comparto este pensamiento:

"Camino siguiendo las huellas de mis viejos y si así no llego al paraíso; es porque ese lugar no existe"

A manera de Prologo

Estimado lector,

Antes que nada, quiero agradecerte por tu apoyo al adquirir este libro: *Vidas: Relatos y Pensamientos.*

La primera sección, titulada **Relatos**, es una recopilación de memorias de personas que han vivido toda su vida en un barrio de Trujillo Alto, Puerto Rico. Cada relato aborda un tema distinto y busca contar las historias de personas comunes, aquellas que podrían desarrollarse en cualquier lugar de Latinoamérica. No siguen un hilo temático en común, ya que cada uno explora diferentes aspectos de la vida. Decidí escribirlos así porque no quería limitarme a una sola perspectiva; preferí otorgarme la libertad de compartir historias que van desde lo más real hasta lo místico.

La segunda sección, ***Pensamientos***, surgió tras la partida de mi padre, Félix Adorno, y mi abuela, Antonia Ramos. En estos escritos, doy voz a los sentimientos que experimenté en esos momentos de pérdida. Fueron tiempos difíciles para mí, y sé que no soy el único que ha sentido el dolor profundo de despedirse de sus seres más queridos. Mi deseo es que estos pensamientos te conecten con tus propias emociones y te brinden la oportunidad de reflexionar sobre la importancia de dedicar tiempo a quienes amas mientras aún los tienes cerca.

No pretendo ser Gabriel García Márquez o Enrique Laguerre; solo quiero ser yo, F.A.H., y espero que mis historias te proporcionen momentos de verdadero entretenimiento. Ojalá disfrutes mis ***Relatos y Pensamientos***.

Relatos

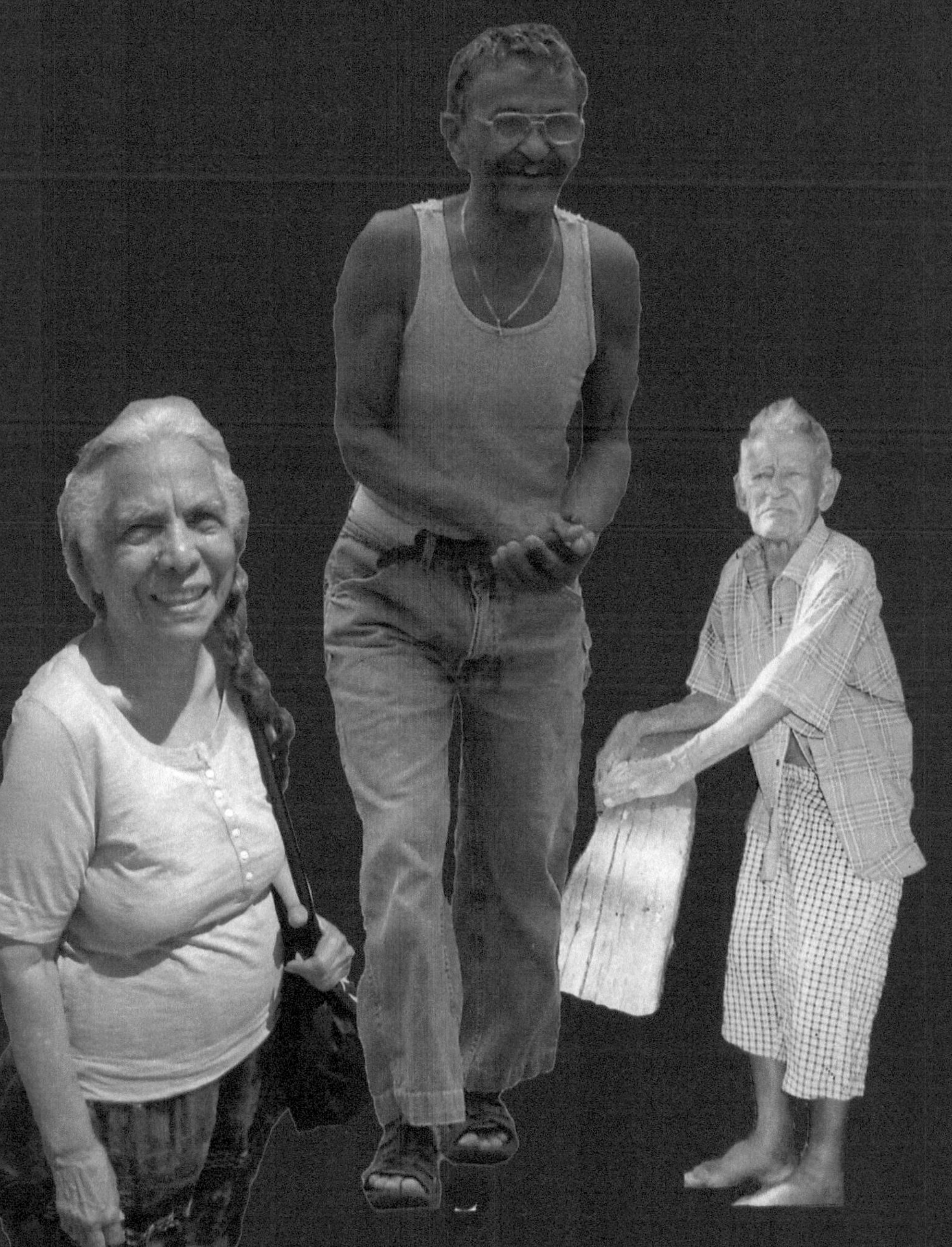

El Extranjero

AQUELLA MAÑANA EL HOMBRE regresaba con sus maletas en la mano a un barrio de Puerto Rico. Las emociones en su pecho volaban más alto que el avión que lo trajo de regreso mientras que las ansias dentro de su alma aturdida por tantos años de ausencia no le cabían en el pecho. Estaba entusiasmado por la oportunidad de ver a su gente y de recordar su juventud junto con ellos. Hablar de aquel pasado con ellos, de sus primeros pasos, sus errores de niño y de las virtudes que ellos podrían haber visto en él. Quería hablar con todos sus viejos, pues aquel barrio era tan pequeño que todos los que allí vivían se conocían de manera personal. Sus sueños de niño andaban perdidos por aquel lugar que vio sus primeros pasos en la vida, sus primeras lágrimas y suspiros. Aquel mundo vivía congelado en el tiempo en la mente de este hombre que se había marchado muchos años atrás en busca de mejor oportunidad de vida. Buscó y buscó alrededor por su gente, pero solo logró divisar a extraños y éstos a su vez solo veían a un extranjero.

Llegó a la casa de su mamá, una mujer ya avanzada en edad. La saludó y luego de unos minutos se fue a andar por el barrio. Fue así como observó a todos aquellos extraños caminando por el lugar. Algunos se daban vueltas para mirarlo sin decirle una palabra, otros ni se molestaron en quitar sus ojos de sus teléfonos celulares para mirar a aquel desconocido que caminaba entre ellos. Luego de unos minutos llegó a la casa de un vecino.

"Ramon." -llamó el hombre.

No hubo contestación y volvió a llamar.

"Ramon."

"¿Quién es?" -contestó una voz desconocida para él.

"Soy yo el hijo de Don Ignacio."

Luego de unos segundos salió una mujer de aquella casa y lo miró para luego preguntar

"¿Tú eres uno de los hijos de Don Ignacio?"

"Si soy el que se fue pa' allá afuera."

"¿Y andas buscando a Ramon?"

"Si, vine a saludarlo."

"Pues si lo ves cógele miedo, Ramon murió hace dos años."

"¡Ay! Qué pena yo no sabía nada. Es que el que me mantenía al tanto era mi viejo y hace tiempo que se me fue. Perdona que te haya molestado."

"No es ninguna molestia, yo soy la hija menor de Ramon. Gracias por acordarte de él."

"Ok. Déjame entonces seguir por ahí a saludar a los demás. ¡Gracias!"

El hombre continuó su camino esta vez con un poco de pena, pues no sabía que aquel amigo de su infancia había fallecido unos años atrás. Esa vacíes de la perdida en ausencias lo llevó hacia el pasado a recordar a su viejo y de cómo se había ido de su vida hacia tantos años en un invierno frio, cuando peregrinaba buscando un mejor futuro. Recordó a su padre y de cómo le enseñaba los valores de una persona decente. Porque se respeta lo ajeno, se cuida lo que se tiene y se vive honradamente. Esas lecciones sembradas en su memoria por tantos años y por las que regía su vida y las cuales trató de enseñar a mis hijos a través de la niñez de estos. Recordó la llamada que le avisaba de su orfandad y momentáneamente volvió a sentir aquella punzada en el corazón de cuando escuchó la noticia. El hombre se detuvo un momento a analizar su dolor atrapado en el tiempo para también experimentar al vació que se siente cuando se regresa buscando lo que ya no está.

Prosiguió su camino a ir a mirar todos aquellos lugares que fueron parte de su historia. La casa de Dona Fela, ya no estaba allí, solo había unas paredes rotas semi cubiertas de matorrales. El colmado de Don Tomas ya tampoco estaba solo había un bar de mala muerte. Y miró a sus alrededores y solo vio sombras. Las obscuras sombras de toda la gente que se había ido a través del tiempo y sus letargos. La casa de Don Aguedo y Doña María ya no parecía la misma. También faltaban Doña Candelaria y Doña Ernesta, unas ancianas que habían formado parte de su juventud y las que le ofrecieron sus consejos de sabiduría más de una vez. Pero por sobre todo allí faltaba su abuelo Pello; pues él también se había ido en aquel pasado de peregrinaje. Y en el lugar que la casa de su abuelo estaba, ya no había nada. Ni tan siquiera una pared en la cual él quisiera recostarse a recordar las historias que su abuelo le contaba mucho antes de que este abandonara el lugar en busca de conveniencias y futuros. Sintió el vacío mientras su memoria intentaba balancear la realidad con los recuerdos. Este lugar que el guardaba celosamente en su corazón era tan real como un unicornio. El hombre se sentía como un extraño en su propia casa. Luego de un corto recorrido regreso a la casa de su madre.

"Mamá ¿Por qué usted no me dijo que Ramon murió?" -preguntó.

"¿Yo no te lo dije, seguro que si hace más de un año?"

"Hace dos años."

"A lo mejor tú no te arrecuerdas,[1] pero yo si te dije."

"Pues fíjese que no y fui a su casa a saludarlo."

"Ahí vive la hija menor de él."

"Ya sé."

"¿Y adonde más fuiste?"

"Di unas vueltas, pero casi todo el mundo ya no está."

---

1. Arrecuerdas: Recuerdas.

"Así es mijo,[2] casi to[3] el mundo se ha muerto."

"Ya veo."

"¿Fuiste adonde Filomena?"

"No, allá no fui."

"Pues ella todavía está viva, un poco viejita pero saludable."

"¡Ay! caramba allá tengo que ir entonces."

"Ok. Después de que comas ve a verla."

Después de haberse comido lo que la mamá le había cocinado, salió nuevamente a por el barrio rumbo a la casa de Filomena, una señora ya avanzada en edad a la que él conocía desde su niñez. Durante el camino se encontró con diferentes extraños y todos lo miraban como si fuera una pieza de algún rompecabezas que estaba fuera de lugar. Por supuesto que ya todos sabían quién él era, porque en un barrio tan pequeño todos se conocen y él estaba consciente de esto. Al pasar unos minutos caminando, un desconocido se paró y lo saludó.

"¿Primo y cuando llegó?" -preguntó el hombre cuya voz él reconoció instantáneamente.

"Primo Juan carajo que gusto verlo; llegue hoy mismo." -dijo emocionado.

"¿Y hasta cuándo va a estar?"

"Por dos semanas."

"¡Dos semanas na'ma[4]!"

"Si, mijo."

"¿Y ya fue a ver la gente?"

---

2. Mijo: Mi hijo.

3. To': Todo.

4. Na'ma': Nada más.

"¡Bendito! A que gente si todo el mundo se ha muerto."

"Casi to' el mundo no, yo estoy vivito y coleando."

"Ya veo, ya veo, pero casi ni te conozco."

"Es que usted no llama a nadie."

"Eso es verdad y ahora me arrepiento caramba."

"¿Y pa' onde[5] va primo?"

"A ver a Filomena.'

"Esa condená todavía anda dando cantazos."

"Eso me dijo la vieja."

"¿Y tía está bien? Hace tiempo que no la veo."

"Pues mijo, vieja y con achaques."

"Con achaques estamos to'."

"Pues así mismo esta ella."

"Primo pasa por mi casa más tarde."

"Ok. Primo."

Se despidieron los dos y el hombre pensó *"caramba ni el primo me parece conocido"* y continuó caminando mientras analizaba como el tiempo había hecho sus estragos en la apariencia física de aquella gente y de momento pensó en lo viejo que él estaba también. La juventud se le había escapado viviendo en el frio del exterior mientras trabajaba buscando ese mejor mañana por los que muchos abandonan su lugar de origen. Él no era una excepción, se marchó buscando sueños y hoy en su regreso se encontraba con la pesadilla de los estragos del tiempo. Y por más que trataba, no lograba reconciliar el Puerto Rico de sus sueños con el del presente. Al llegar a la casa de Filomena.

---

5. pa' onde: Para donde.

"¡Mena!" - llamó desde afuera.

"¿Quién me llama?"

"Soy yo el hijo de Ignacio."

"El hijo del difunto Ignacio, ¿Cuál de todos?"

"El que se pasaba aquí de niño, ¿No te acuerdas?"

"Niño ¿Y cuándo volviste? Entra, entra pa' darte un abrazo."

Entró a la casa y la anciana lo abrazó de inmediato. Se sintió estremecido por aquella muestra de calor humano, la cual venia buscando en su viaje de regreso. Y momentáneamente envuelto en los brazos de aquella viejita que había sido una de las figuras integrales de su niñez, sintió ganas de llorar. Fue un ataque de presentes, mezclados con pasados que le retorcían el cuerpo a aquel hombre que se había ido joven lleno de sueños y ahora regresaba viejo lleno de arrepentimientos; pues en su busca de una mejor vida había perdido a muchas personas importantes. Sus abuelos, sus tíos, algunos primos y amigos; y por sobre todo a su padre, del cual Filomena era amiga desde su niñez. Venia cargando con aquel eterno vacío que deja la perdida e hizo esfuerzos para aguantar las lágrimas hacia atrás mientras que la anciana lo dejaba escapar de sus brazos.

"¿Y cuánto tiempo te va a quedar?"

"Dos semanas."

"¿Y tu familia?"

"Se quedaron allá, no quisieron venir."

"¿Y cómo estás?"

"Bien." -dijo el hombre mirando al suelo.

"Y por qué esa cara?"

"¿Qué cara?"

"Esa cara de muerto, a mi tú no me engañas yo conozco desde niño, y estoy vieja pero no ciega."

La anciana le decía la verdad, ella lo conocía desde que nació y sabía leer en su cara lo que él estaba expresando con su mirada.

"Es que me siento extraño aquí y no sé por qué"- dijo el hombre compungido.

"¿Te sientes raro?"

"¡Si! Es que ya no conozco a nadie."

"Eso es normal, el tiempo no pasa en vano."

"Es que no me había sentido así desde..."

Y con esta pausa la mente del hombre se fue al pasado a unas memorias que estaban escondidas en él y que ahora volvían repentinamente. Recordó aquel día en el aeropuerto con su padre abrazándolo antes de montarse en el avión para aquel su primer viaje en busca de sueños. También de la primera vez que experimentó aquel doble frio. El frio del ambiente y el de la frialdad con la que la gente se trataba en su nuevo país. Recordó las llamadas a sus padres a través de los años y entre estas la llamada que le había notificado de la muerte de su abuelo. Y luego de esta memoria, vinieron las memorias de las llamadas dolorosas en todos aquellos años. Envuelto en sus recuerdos también hubo muchos momentos de alegrías compartidas con sus viejos a pesar de aquella distancia.

"¿Qué te pasa te quedaste mudo?" -dijo la anciana interrumpiendo sus pensamientos.

"¡Oh! Perdóname, es que..."

"No lo pienses mucho que nada se puede hacer."

"¿Qué?"

"Estás pensando en el pasado y no importa lo que tú hagas nada vas a cambiar."

"Yo sé, pero es que..."

"Niño todo el mundo se muere y no hay nada que podemos hacer, solo podemos seguir viviendo."

"Yo sé."

"Pues no se ponga triste que hay algunos vivos todavía."

"¡Gracias a Dios!"

"Entonces disfruta de tu viaje y no pierdas el tiempo pensando."

"Eso es lo que quiero hacer."

"Eso es lo que tienes que hacer y no te vayas a ir sin despedirte de mí que ya no me queda mucho tiempo."

"No digas eso que tú no te vas a morir."

"Si eso fuera así. Ya estoy más vieja que el andar a pies."

"Pero todavía estás aquí."

"Todavía estamos aquí."

El hombre salió de la casa de Filomena con el alma un poco aliviada, pues al menos ella todavía estaba allí. Siguió caminando para ir a casa de su primo y nuevamente observó que no solo la gente había cambiado, el barrio también tenía cosas diferentes. Había más casas y faltaba parte de la naturaleza del pasado. También carreteras y entradas a diferentes lugares adonde anteriormente no había nada. Era evidente que el progreso y el tiempo se habían llevado parte de la naturaleza y la gente respectivamente. Unos minutos después llegó a la casa de su primo y estos sostuvieron variadas conversaciones acerca del pasado y del presente. Llegaron otros familiares y entre abrazos y saludos decidieron echarse una jugada de dóminos.

"¿Primo usted hace tiempo que no juega dominós?" -preguntó uno.

"Hace años que no juego."

"¿Qué allá no venden los dóminos o no hay gente con quien jugar?"

"Allá hay gente mijo, lo que no hay es tiempo pa' jugar."

"¿Cómo que no hay tiempo?"

"Es que allá uno se echa la vida en el tren y el trabajo."

"¿Y qué vida es esa?"

"Así es la vida allá."

"Yo por eso no me voy de aquí, pa' qué pa' estar con frio y trabajando pa' otro."

"Trabajando pa' otro es lo que hacemos todos."

"Si, pero allá, la casa nunca es tuya, los impuestos son muy altos y cuándo vienes a ver no estás haciendo nada."

"Eso es verdad, pero allá no hay que estar <u>lambiendo ojo</u>[6] para trabajar y aquí todo lo que uno hace depende de a quien conoces."

"Yo de aquí no me voy por nada."

"Yo me fui y no me arrepiento."

La conversación se volvió una fiesta de gritos entre aquellos sus familiares desconocidos y él. Luego de unos intensos momentos de gritos y reproches; uno de los que estaba sentado en la mesa intervino y el juego de dominós continuó. Entonces comenzaron todos a beber pitorro[7] de coco, y ya en una hora estaban todos borrachos. Comenzaron a relajarse y allí todos se comportaron como que nada había pasado. Ni el tiempo de separación entre aquellas personas era suficiente para destruir los lazos de sangre entre ellos. Después de haber comido y bebido, cada una de las personas comenzaron a despedirse y él sintió que ya era hora de caminar a su casa y le comunicó a su primo lo agradecido que estaba por la oportunidad a lo que éste respondió.

"Primo para eso está la familia, espéreme que yo lo llevo hasta la casa."

"No hace falta no estoy tan borracho; yo me puedo ir solo."

"No es que esté borracho, es porque esto aquí no es como antes y a usted no lo conocen."

---

6. Lambiendo ojo: Expresión local que se refiere a personas que se acercan al jefe o una persona con influencias para tratar de agradar y obtener favores o favoritismo en su lugar de trabajo.

7. Pitorro: Un ron local producido en Puerto Rico usualmente de manera clandestina al cual se le pueden añadir sabores de frutos como coco, parcha, tamarindo, etc.

"¿Así de malo está ya, que no se puede caminar solo?"

"Se puede, pero tienes que saber por dónde caminar con to' los hijos de puta que hay por ahí."

"¡Pues eso esta cabrón de verdad!"

"Cabrón y medio, vamos."

"Ok pues lléveme que voy de turista."

"Ok."

Caminaron bajo una luna llena en aquella noche serena, y continuaron hablando de sus vidas y de todo y cuanto había cambiado. Luego de unos minutos llegaron a la casa de la mamá del hombre y se despidieron mientras que su primo le extendió una nueva invitación y él aceptó. Se quedó afuera de la casa por unos minutos y escuchó al venerable coquí. Aquel sonido que no existía en ninguna otra parte del mundo. Ese sonido que todo el que nació en Puerto Rico conoce y al que por más que los años pasen, ningún puertorriqueño puede olvidar. Por unos momentos dejo de sentirse un extraño y disfrutó del momento en que estaba viviendo.

Un poco más tarde entró a su hogar y su mamá ya estaba dormida. Se paró en la puerta de la habitación a mirarla y se dio cuenta del tanto tiempo que había pasado desde que dijo adiós por primera vez. Esto lo llevó a pensar en el futuro y de la real posibilidad de perderla en algunos años. Solo Dios sabia cuántas veces le había pedido a su madre que se fuera a vivir con él a los Estados Unidos para que ella le respondiera que no, pues ella estaba bien en su casa y no iba a irse a vivir pasando frio en el exterior. Luego de unos minutos, se fue a dormir con esa preocupación en la mente.

A la mañana siguiente se levantó y ya su madre estaba despierta preparando café en la cocina. Caminó hacia ella y le pidió la bendición. La madre lo bendijo como era de costumbre y luego le sirvió su desayuno. Después se sentó a hablar con él.

"¿Y adonde estabas ayer?"

"Fui a ver a Filomena y a la casa del primo Juan."

"¿Y cómo está la gente?"

"Como siempre. Estuvimos comiendo y jugando dominós."

"¿Y hoy que vas a hacer?"

"Creo que voy al cementerio a ver al viejo. ¿Quieres venir conmigo?"

"No, yo no puedo ir allí, todavía me da pena y dolor."

"Eso es normal, pero voy a ir a hablar con él."

"Lleva algo pa' que limpies la tumba porque ninguno de tus hermanos lo hace."

"Ok. Yo la limpio."

"Y le dices hola de mi parte."

"Ok, yo le digo."

Abordó en su auto rentado y se dirigió rumbo al cementerio adonde había sepultado a su padre muchos años atrás. El viaje lo hizo recordar aquel último adiós en silencios, y también de lo arrepentido que estaba de no haberse podido despedir de su padre mientras éste vivía aún. Pensó en las palabras que nunca dijo y las conversaciones que nunca sostuvo con aquel hombre que le vio crecer y que también lo enseño a vivir. Minutos más tarde pasó por la entrada del cementerio y sintió un desahogo al darse cuenta de que hasta el cementerio no lucia como él lo había dejado años atrás

Se bajó del auto y se sintió momentáneamente desorientado tratando de encontrar en aquellas dolorosas memorias el lugar exacto adonde había sepultado a su padre. Unos minutos más tarde encontró la tumba y estaba toda sucia y mal cuidada como le había dicho su madre. Se arrodillo frente a la tumba y comenzó a limpiar el pasto que la cubría. Mientras limpiaba experimentaba sentimientos de decepción y tristeza. *¿Como era que sus hermanos no tenían tiempo para mantener limpio el lugar de reposo de su padre?* Ante sus ojos todos eran unos malagradecidos. Al terminar de limpiar la tumba colocó flores encima de la esta, se sentó a un lado y comenzó a hablar.

"Viejo, soy yo. Vine a verte y quisiera hablar contigo. No sé si tú me escuchas, pero tengo que decirte que te amo y que nunca te voy a olvidar. Papá yo

estoy tan arrepentido de no haberme ocupado más de ti. Estaba tan lleno de ambición, de lograr algo en la vida y me ocupe tanto en eso, que se me olvido ponerte un poco de la atención que te merecías. Buscando una mejor vida, me perdí de los momentos que pude haber compartido contigo, y me siento tan culpable, tan vacío y no sé por qué. Te extraño y quisiera poder verte nuevamente. Mamá también te manda saludos, pues aún tu muerte le causa m ucho dolor."

Estuvo sentado por más de una hora, le habló de todo a aquella tumba como para dejar escapar todo lo que tenía en su alma viajera. Estaba desahogándose de todo aquel vacío que tenía en el pecho. Sabía que estaba destinado a vivir su vida como un extranjero pues el país adonde vivía siempre lo habría de tratar como tal y el país adonde nació, ya se había olvidado de él; porque este solo pertenecía a la memoria de toda la gente que había muerto en su ausencia. Ese sentimiento era el más difícil de aceptar, pues su alma era parte de aquel lugar, pero él no.

Regresó a la casa de su madre y por los próximos diez días visitó a su primo, se emborracho varias veces. Visitó muchos lugares en la isla y estuvo recargando su alma para poder sobrevivir su realidad de vida al volver al país adonde se encontraba su casa. Durante aquellos días volvió a experimentar varias decepciones, pero por las noches el coquí le cantaba serenatas para aliviarle sus dolores de peregrino, y por las mañanas los pajaritos y los gallos lo levantaban con ánimos.

Finalmente, llegó el momento de regresar al extranjero para seguir muriéndose, buscándose la vida. Se despidió de su madre con un fuerte abrazó mientras que ella le decía que nunca olvidara de adonde él era, y que volviera pronto. *"Nunca olvides de dónde vienes"* fueron las palabras que su madre le dijo y que ahora sonaban dentro de su mente. Se montó en el avión rumbo a Nueva York mientras pensaba que, aunque él nunca habría de olvidar el lugar de adonde era, ese lugar ya casi lo había olvidado a él. Se montó en el avión y se fue a esperar. A esperar como otra llamada le habría de anunciar la partida de su madre y de como con la muerte de ésta todas las raíces que tenía con su patria estarían en peligro de extinción. Ese día en que él se daría cuenta de que se le llenaba de sombras su vida...Su vida de extranjero.

Estampas

L A CASITA ESTABA ESCONDIDA en medio de un monte y a la misma vez en el medio de una montaña en un barrio rural de un pueblo en Puerto Rico. Se llegaba a esta por dos rutas; una carretera de asfalto y un camino de polvo que atravesaba la montaña de la misma manera que una vena capilar atraviesa el cuerpo. En aquel eterno verano caribeño; el calor y las brisas se peleaban constantemente por calentar y enfriar el cemento del que estaba construida la casa. En esta estructura se podían apreciar diferentes tiempos de progreso, pues era una casa construida en cemento que contaba con algunas ventanas Miami y otras construidas de madera, las cuales daban la apariencia de ser puertas pequeñas incrustadas en las paredes. Era a través del camino polvoriento por el cual el niño llegaba ocasionalmente de la mano de su padre a visitar a dos viejitos que vivían allí. Algunas veces la visita era para ver a los padrinos del niño; otras a buscar alivios para sus dolores estomacales. Los dos envejecientes eran amigos desde la juventud del padre del niño, el cual era su ahijado ante los ojos de Dios. El padrino era un hombre trigueño de estatura mediana; vestido como era la costumbre con una guayabera, pantalones de tela de vestir y un sombrero de hoja corta. La madrina era una mujer de tez blanca de una mediana estatura, con el pelo canoso siempre amarrado hacia atrás. Ésta acostumbraba a vestir en batas de dormir y solía encontrársele con chancletas de goma. Los dos habían tomado la decisión de bautizar al niño ante los ojos de su Dios católico y de ponerse en línea de sucesión en la crianza de este; una señal de su apreciación por aquel padre al que conocían por mucho tiempo.

Para el niño las visitas a sus padrinos tomaban un aire sobrenatural y misterioso. Él había conocido a sus padrinos a muy temprana edad, pues su padre siempre procuró llevarlo a visitar a los dos viejitos regularmente. Era por eso por lo que él se sentía a gusto en la casita rodeada de árboles. Aun así, allí experimentaba una extraña sensación de estar en lugar que parecía haber sido atrapado por otros tiempos. Inexplicablemente allí no se podía divisar una televisión o un sistema de radio moderno. En las paredes solo colgaban retratos pintados de sus padrinos en su juventud. No había muebles de lujo, o cerámicas de adornos, solo una mesita en el centro de la casa, en un cuartito que hacía función de sala; y en la esquina de esta había un catre[1] en el cual él se había acostado más de una vez. Aún a sus seis años el niño no se acostumbraba al olor dentro de la casa. No era un mal olor, sino un olor que él no podía identificar por completo. El olor que producían sus padrinos, el olor de ellos en su casa, ya lo conocía. El delicioso olor a café colado y los olores de los diferentes dulces a los que tenía el placer de comer en cada visita o después de esta, ya lo esperaba. No eran esos olores los que lo confundían, sino que eran unos olores a fuego y a humo los que confundían su joven olfato. Otra cosa que él no podía explicar era por qué el color amarillo de las paredes se notaba tan opaco. Parecía que la casa se había pintado por última vez a algunos cien años atrás, lo cual hasta él en su inmadurez entendía era imposible. Y eran aquellos místicos aires los que mantenían al niño en un estado de asombro en cada visita. Eso y el hecho de que sus padrinos lo hacían sentir como el mocoso más importante del mundo cada vez que asomaba su cara en aquel hogar.

La madrina del niño era la santiguadora[2] del barrio, especialista en curar dolores estomacales con un doctorado de experiencias en aquel arte de aliviar dolores mediante el uso de masajes en el área del estómago con aceites y/o ungüentos de diferentes clases. Este arte que no se podía aprender en universidad acreditada del gobierno. Ésta tenía la religiosa costumbre de encenderle velas a sus santos cada vez que atendía a algún enfermo quien venía a ella y se acostaba en el catre de la sala en busca de alivios

---

1.
    Catre:Mueble destinado a que las personas se acuesten en él, compuesto de una armazón, generalmente con patas, sobre la que se colocan un somier o tabla, un colchón, almohada y diversas ropas

2. Santiguadora: El arte o la técnica de santiguar es un tipo de masajes que son aplicados al cuerpo mediante el uso de aceites y/o ungüentos de carácter curativo para aliviar dolores o calambres estomacales

a sus dolores estomacales. Este acto de religiosidad era muy común en la religión católica, en la que los feligreses encendían una vela a cada diferente santo para pedirles favores que van desde lo económico hasta lo eterno. Sin ninguna duda la mujer encendía una vela a algún santo para pedirle alivio para el enfermo en aquellos momentos. Y si el enfermo se iba aliviado a su casa, a los ojos de ella, su vela y su rezo había sido contestados. *¿Pero qué acerca de las otras ocasiones?* Habría pedido ella alivios económicos o ayuda con el alcoholismo de su esposo. Por lo que su ahijado observaba, para esos rezos, no había respuesta aún. Solo podía observar las paredes sucias de humo. Un humo de las velas quemadas a través de muchos años como símbolos de fe que se había encajado en las paredes de aquel humilde hogar. Y de simple vista se podía deducir que en aquellas paredes habían muerto las oraciones a Dios.

Era algo irónico, aquella mujer ya contaba con al menos setenta años en el momento en que su ahijado contaba con apenas seis años. Ella le pedía a su Dios con un fervor inigualable e inmovible. Y en aquellos momentos en los que ella trabajaba con sus milagrosas manos dándoles alivios a pobres enfermos, el humo de las velas continuaba subiendo rumbo a las paredes manchándolas de negro, encajándose en ellas y por lo que el niño observaba, ni los rezos ni el humo llegaban a llevar sus mensajes personales al cielo. Aun así, la fe de aquella mujer era inquebrantable ante la aparente falta de respuestas. Le había encendido una fábrica de velas enteras a Dios, y por lo que el niño podría observar las respuestas no habían llegado nunca. La pobreza que ella y su padrino experimentaban era evidente aun para un niño de seis años lleno de sus propias mierdas. Era su madrina la más noble expresión de amor, paciencia y de sabiduría. Aun así, el humo de sus velas solo servía para mancharles las paredes de su pobre casa. Veinte mil velas para Dios, cero respuestas para ella.

Fue así como entre rezos y velas fueron pasando los años, ya el niño se había convertido en adolescente y aun buscaba ver a aquella mujer, ya sola, pues su esposo había muerto cuando él contaba con unos diez años. Había algo en ella que le prestaba calma en sus adolescentes inquietudes, algo que había estampado su alma de niño y había dejado su marca; así como el humo había dejado la suya en las paredes de aquella casita humilde. Él no sabía el porqué de aquella necesidad de estar en aquella casa atrapada en el tiempo. Aun así, con cada visita, todavía notaba cómo los humos de las velas permanecían estampados en aquellas paredes y no comprendía por qué a su madrina, Dios no le había contestado sus rezos. Al parecer todos los santos estaban muy ocupados, a lo mejor atendiendo a feligreses de un mejor nivel económico. Ninguno se había molestado en contestarle para tan siquiera devolverle un poco de dinero para reponer los fósforos y las velas. Y pensaba el adolescente que si aquella santa mujer no calificaba para una respuesta divina; *¿Quién carajos cualificaría?*

Con el tiempo las visitas se fueron volviendo más esporádicas y entre una visita y otra fue como los años pasaron y murieron los dos, la madrina y el padrino. Su madrina murió después de haberle quemado un infierno en velas a su Dios, para solo ver como el humo al igual que su vida se disipaban en la eterna espera y la respuesta no parecía haber llegado nunca, solo los humos de las velas seguían estampados en las paredes, denotando de sucias las paredes de una pobreza limpia. Hoy el niño ya hecho un hombre se sigue preguntando *¿Por qué Dios no contesta los rezos de pobre? ¿Qué hay que hacer para que el humo de las velas de rezo llegue al cielo? ¿Como él se va a salvar si nunca ha encendido una vela para rezar?*

Hoy todavía perdido entre los humos de mis pensamientos recuerdo que la última vez que estuve en la presencia de mi madrina Juana, yo solo era un extraño para ella. Su mirada estaba perdida en alguna pared de la casa de su única hija Mena, la cual en aquellos momentos cuidaba de ella. Me sentí tan perdido como su mirada vacía cuando me di de cuenta que Madrina Juana se me había muerto en vida. Su cuerpo ya muy avanzado en edad estaba ya por rendirse y realice en aquel momento que había perdido a una persona tan importante en mi vida; pues su cuerpo continuaba respirando, pero su mente ya no funcionaba. El tiempo se había llevado a mi padrino Goda y el Alzheimer le robó todas sus memorias de él, de su vida pobre y sacrificada, de cada vela encendida y por supuesto sus memorias de mí. Me preguntó más de una vez a quien era que yo buscaba, lo cual me causó mucha tristeza. Aun así, su presencia física continuaba proveyéndome una calma inigualable que nunca más pude volver a experimentar en presencia de otras personas queridas.

Luego de unos dolorosos momentos me despedí de ella sabiendo bien que era posible que nunca más la volvería a ver. No pasó mucho tiempo y al fin el cuerpo de madrina Juana murió, unos pocos años después de ella. Hoy en día, todavía conservo en mi alma las memorias de mis visitas de la mano de mi padre, y también las de las visitas que le hice por mi propia voluntad. Todavía continúo experimentando el extraño sentimiento de decepción ante la aparente dejadez de Dios del no contestarles sus rezos por las luces y los humos de sus velas; y por los ruegos personales que asumo ella tenía. Aún llevo en mis las estampas de su presencia en mi vida, pues no tengo ni un retrato de ella. Las cosas que tiene la vida, aquella pobre mujer le encendió todas las velas del mundo a Dios y creo que, sin saberlo, el fuego sus velas sirvieron para iluminar el camino de mi vida. Y hoy en día, yo mismo le encendería mil velas a Dios por un momento más en presencia de mi madrina Juana o de que por lo menos me dejara poseer una foto de ella, para poder volver a contemplar el rostro de aquella hermosa mujer que solo vive en mi memoria, pues aún los humos de sus velas continúan estampados en la esencia de mi ser, por lo que estoy eternamente agradecido de que en el camino de mi vida haya existido una mujer tan santa como lo fue mi madrina Juana.

El Fantasma del Camino

LOS HUMOS DEL CIGARRO llenaban el aire del lugar, al igual que los ruidos de música que producía la vellonera[1] . El hombre sentado frente a la meseta de la barra observaba todo y no veía nada. En una esquina la música del momento consolaba a algún despechado que entre canciones y ron embriagaba sus penas; mientras que, en otro lado, dos hombres discutían la última jugada de billar.

"Tú no cantaste la bola ocho, eso no vale." -decía uno.

"Yo la canté." -contestaba el otro.

"Compadre no sea tramposo."

"Usted lo que no quiere es paga la otra ronda, maceta[2] ."

"Otra manito y el que pierda paga doble."

"No venga con cuentos cuando pierda."

---

1. Vellonera: Vitrola, reproductor de discos comercial el cual funciona a través de un sistema de monedas.

2. Maceta: Manera de decir tacaño.

La inevitable discusión de lo que se vale o no en la mesa de billar era algo muy común en este barrio. Alrededor del lugar, algunas mujeres bailaban de acuerdo con las canciones; solas o acompañadas. Una canción local sonaba en la radio mientras que las mujeres comentaban:

"Esa canción sta[3] linda." -decía una de ellas.

"Sta como pa[4] olvidar la pena." -comentaba la otra.

"¿Y es nueva?"

"Nuevecita."

Esta barra era la destinación perfecta para la decepción de los amores y de la pobreza del barrio. Frente a la meseta de la barra se encontraba sentado aquel hombre consumiendo su tercer o cuarto trago. En una mano un trago de ron y en el otro el cigarro encendido. Era un hombre que ya pasaba de los veinte años y estaba inaugurado en el ritual de ahogar su pobreza en aquel lugar que había sido testigo de tantas historias como la suya. Concentrado en las actividades alrededor de la barra comenzaba a sentir los efectos del alcohol cuando escuchó una voz que preguntó:

"¿Otro trago compai?[5] "- preguntaba el camarero.

"Si dame otra ma'."

"¿De cuál le doy un <u>palo de Candao</u>[6] o <u>un palo de Llave</u>[7] ?"

"Écheme una llave que ya tengo mucho candao en el cuerpo."

"Viene La Llave."

---

3. Sta: Manera de decir la palabra <u>está.</u>

4. Pa': Corto por la palabra <u>para.</u>

5. Compai: Manera de decir la palabra <u>compadre.</u>

6. Palo de Candao: Un trago del ron local de Puerto Rico llamado EL Candado.

7. Palo de Llave: Un trago del ron local de Puerto Rico llamado La Llave.

Él era uno más de aquellos que trabajaban en el cañaveral endulzando el mundo mientras que la amargura era su mayor realidad. Ganaba tanto como para no morirse de hambre, pero tampoco poderse llenar el estómago. En aquel viernes le habían pagado su salario por la ardua semana de trabajo cortando caña bajo el sol caribeño de la isla de Puerto Rico. Y como solía suceder ya debía la mayor parte de este en el colmado de la esquina donde como decía el mismo podía "coger fiao"[8]. Ya sacadas las cuentas, le habría de sobrar suficiente para ir a ahogar sus decepciones y penas en la barra del lugar. Ya tenía esa rutina de intentar asesinar la pena cada día de cobro como muchos otros antes que él lo habían intentado. Después de caminar más de cinco kilómetros hacia su humilde casita, se despojó de sus ropas sucias y se dirigió hacia la quebrada para darse un buen baño antes de emprender su ritual de ahogar desilusiones. De regreso a su casa se vistió con su mejor vestimenta de viernes, se afeito y se aplicó un poco de su colonia favorita Brut 33[9]. Ya estaba listo y empezó a caminar rumbo por el camino de polvo que lo llevaría a la barra.

Fue de esta forma que llegó a aquel lugar buscando como todo el que allí se encontraba algún alivio para lo que le causaba dolores en el alma. Habían pasado unas horas desde el primer trago y ya se había conversado de lo dura que había sido la semana bajo el sol, de cómo el gobernador y todos los hijos e putas del gobierno se lo robaban todo, y hasta de la iglesia y su inhabilidad de conectar a los pobres con Dios. Sentado en la barra mientras se arrecostada de esta, hacia todo lo posible por mantener algún optimismo a su eterna espera de algo mejor. Éste había heredado su color trigueño de su papá al igual que su sentido del humor. Su estatura y perseverancia eran herencias de su mamá, quien era de mediana estatura y descendencia española. Aún así, la más obvia herencia de aquellos dos seres era su infinita pobreza; de la cual sufría desde que él tenía concepto de lo que era estar vivo.

Trago tras trago, sentía alivios momentáneos a sus preocupaciones económicas y emocionales. Escuchando la música de la vellonera se iba relajando y olvidando de todos sus problemas. Y observando a la gente

---

8. Coger fiao: Manera de decir tomar fiado. Método de crédito en colmados pequeños adonde el dueño mantiene una lista de artículos vendidos a crédito a los clientes del establecimiento.

9. Brut33: Perfumé o colonia producida en los Estados Unidos.

que entre juegos, alcohol, música y conversación distraían sus vidas; dejaba escapar el estrés de una ardua semana de trabajos.

"La piña está agria."[10] -decía uno de los que se encontraban en el lugar.

"Que, si agria, parecen limone." -contestó el hombre.

"Pero jay[11] *momentos en que uno goza un poco."*

"Si un poquito na'ma."

"Compadre, otro trago de Llave pa' los pobres." -dijo uno su acompañante al camarero.

"Si echeno otra llave pa' goza un poco." -afirmó el hombre.

Fue así como la tarde dio paso a la noche que a su vez dio entrada a la media noche, y a la hora en que la barra se aproximaba a cerrar sus puertas para darle descanso al lugar y sus patronos.

"Ya vamos a cerrar." -anunció el camarero.

"Se acabó lo que se daba." -dijo otro de los patronos.

"Váyanse por la orillita y tengan cuidado por ahí." suplicó el camarero.

El hombre, ya en un avanzado estado de embriagues se despidió de las pocas personas que quedaban en el lugar, salió tambaleándose por la puerta y emprendió su viaje de regreso a la soledad de su hogar. Ya en el camino se resignó a la idea de caminar hasta su casita en sus piernas de spaghetti; pues estaba tan borracho que hasta podía jurar que escuchaba a su cerebro enviarle señales a cada una de sus piernas para que se movieran en sincronía. Y el hecho de que para llegar a su destinación habría de atravesar los caminos del barrio en una obscuridad que solo se rompía con la luz de la luna le preocupaba un poco, pues al igual que sus piernas sus ojos estaban también borrachos. Los caminos de polvo eran las arterias que conectaban a los distintos lugares del barrio. Estos atravesaban llanos al igual que lomas y montañas en aquel eterno verdor caribeño. A través de

---

10. "La piña está agria.": Expresión local que denota situaciones difíciles.

11. Jay: hay.

estos caminos él tendría que viajar tambaleándose hasta llegar a su hogar. El camino comenzaría al lado de la única carretera de entrada y salida del pueblo en una parte llana al borde de la primera loma que necesitaba subir rumbo a su hogar. Durante el viaje comenzó a tener una conversación consigo mismo en voz alta.

"Maldito pai, aquí to' están jodio meno lo político. Yo trabajando y siempre jodio; me levantó temprano, camino más que un caballo pal trabajo pa' dispue trabajal como un burro y al fin de semana cobral como un niño. Maldito políticos robándose to' lo del pueblo."

Al pasar unos minutos comenzó otra conversación cuando caminaba por la parte del camino que pasaba frente a la iglesia católica del barrio, Éste hizo signos de reverencia para luego comentar:

"Tanto rezal y confesarte pa'que; si Dios ni te oye. To' los domingos aquí rogándole a Dios por un cambio pa' dispue estal jodio toa la semana, de que me sirve tanto rezo si parece que Dios está ocupáo atendiendo solo a los que tienen chavos[12]."

Así continuó caminando, y al llegar al borde de la loma miró hacia arriba para planear como iba a escalar su primer obstáculo; subir la loma sin caer hacia atrás y desnucarse como lo habían hecho algunos de sus amigos. Fue así como decidió darle para atrás al tiempo y ya pasado de sus veinte años aprendió a gatear nuevamente. Esta era una posición bochornosa, pero a esa hora quien lo iba a ver gateando hasta la cima de la loma. Sin lugar a duda esto iba a tomarle algún tiempo, pero en el estado de embriaguez que se encontraba esa era la mejor manera de que éste llegara a su casa sin tener algún percance físico.

Después de lo que él sintió fueron unas horas eternas en aquella bochornosa posición, llego al tope de la loma y ahora debería de completar el segundo paso, viajar cuesta abajo al próximo llano que lo habría de conectar con la próxima loma antes de llegar a casa. Esta vez decidió usar su próxima estrategia, bajaría la loma a sentadillas y era así como evitaría caerse y fracturarse algún hueso.

Arrastrando el culo por el camino y de sentadilla a sentadilla emprendió el bochornoso viaje hacia la parte baja de la loma. Nuevamente pensó en lo

---

12. Chavos: Manera de decir dinero.

humillante de su posición, pero su lógica era firme. *"sí estoy en el piso no me caigo."* La luna llena alumbraba el camino y ya con su pantalón lleno de polvo el hombre había llegado a la mitad de la loma cuando se percató de que en la distancia se podía observar una figura blanca casi transluciente, y a la que inmediatamente identificó como a un aparecido o mejor conocido para el cómo en fantasma. Esta realización envió a el hombre en posición de gatear nuevamente y rumbo al tope de la loma. Momentáneamente el miedo venció la lógica y en sus piernas de spaghetti trató de correr hacia arriba solo para caer hacia atrás, lo que unos minutos antes había tratado de evitar. Se levantó otra vez y trató nuevamente de correr hacia arriba y esta vez cayó hacia al frente, de donde se levantó gateando rápidamente hasta llegar a la cima de la loma.

Ya en la cima de la loma el corazón en el pecho del hombre no dejaba de darle golpes. El miedo había tenido el efecto de espantarle un poco la borrachera y comenzó a repasar los sucesos en los que fantasmas de diferentes formas y sexos se le habían presentado a muchos vecinos del lugar. La mujer sin cabeza que le había pedido los calzoncillos a su compadre pare lavárselos. La llorona que a gritos de dolor lloraba la pérdida de un gran amor. El fantasma que había visitado el velorio de su cuerpo a llorar su propia muerte y otras historias comunes del lugar. Mientras más pensaba en esto más miedo sentía. Fue así como comenzó a repasar las decisiones que lo habían llevado a aquella peculiar situación. Empezó por la más obvia de las decisiones, no había un fantasma en el camino, era que estaba borracho y se estaba imaginando cosas.

"Carajo parece que se me pasó la mano con El candao y La Llave." -se dijo a si mismo rascándose la cabeza.

Luego se levantó del suelo y miró hacia el camino y no pudo observar nada fuera de lo común por lo que se decidió a volver a bajar la loma para llegar a su casa. Nuevamente había llegado a la mitad de la bajada cuando logró percatarse de aquella figura blanca todavía se movía de lado a lado en el camino y nuevamente entre caídas y tropiezos volvió a llegar a la cima de la loma.

De nuevo en el tope de la loma y analizando el momento comenzó a buscar razones por las cuales un fantasma lo estaba espantando. Analizó como se comportaba con su familia, sus vecinos y sus amigos. Encontró una que otra falta con las formas en que contribuía o no a el bienestar de su madre.

Dedujo también que sus amigos solo eran amigos de bar. Y con los vecinos, pues al carajo los vecinos que de todo hablaban, pero con nada ayudaban.

"¿Cuál será la razón de este aparecido?" -se preguntaba el hombre nervioso.

"¿Por qué ahora? Si yo no he echo na' malo. Me polto bien con mi vieja, ayudo a la gente cuando pueo. ¿Por qué a mí?"

Y sentado en el tope de la loma sin opciones para librarse de aquel fantasma que lo esperaba en el camino comenzó a hacer un recorrido mental de cuáles eran las verdades de su vida, y se abrió paso a una conversación honesta consigo mismo:

"A lo mejor me merezco esto por no ayudal a mi vieja. Está sola toa la semana, me lava la ropa en la quebra y me cocina ¿Y qué hago yo? Na' emborracharme cada ve que tengo un poco e chavo. Yo lo que soy es un borracho y na' ma'[13]*. Tengo que dejal el ron y atender a mamá."*

Pasados unos minutos volvió a intentar llegar a su casa y nuevamente en el camino el fantasma lo esperaba para resolver alguna cuenta pendiente. Ya de regreso al tope de la loma continuaba analizando su precaria situación y las numerosas razones para su situación.

"Sera que yo no ayudo a lo dema porque siempre me la pasó de mal humor. ¿Cuándo fue la última ve que ayude a alguien? Ni me acueldo. Pa' decil velda yo no ayudo a nadie. Mi único amigo es el ron. Voy a tener que dejar de bebe."

La luna comenzaba a descender y todavía no encontraba la solución a aquel problema. Habían pasado dos horas desde que puso ojos en el fantasma y éste al parecer lo habría de esperar hasta que él se decidiera a llegar allí a sostener la conversación que evitaba por horas. Fue así como se decidió a hacer una llamada de emergencia al cielo esperando que esta vez Dios no lo dejara en la sala de espera como lo hacía siempre.

"Dios mío ayúdame pol favol que yo no soy una persona mala. Si tú me ayudas te prometo que voy a cuidal ma' a la vieja y voy a ayudal a los dema. Pol favol ayúdame y voy a il ma a la iglesia y voy a resal ma'. Dios por favor

---

13. na'ma': Corto por las palabras <u>nada más.</u>

ayúdame que si tú me ayuda te prometo que voy a dejal de beber, no toco un palo de ron más."

Al pronunciar estas palabras sintió un gran vacío en el corazón, pues el emborracharse era para él su único alivio a la realidad de su vida y no se acordaba de cuando había sido la última vez que no tomaba constantemente. Era alcohólico de herencia, pues había heredado de su padre aquella costumbre de nublar su realidad entre los humos del cigarro y los tragos del alcohol. No conocía otra forma de distraerse, pues no sabía leer o escribir. No era religioso y ya estaba cansado de pedir por milagros que al parecer estaban separados para los ricos. Él era un jodido más, un borracho más que solo servía para vivir trabajando como un burro para luego emborracharse como pobre. Aun así, en el camino lo esperaba un fantasma y en situaciones como esas era mejor prometerle a Dios un cambio que el venderle el alma al diablo. *¿Quién sabe lo que ese fantasma quería, mejor se tomaba sus chances con Dios?*

Habían pasado tres horas desde que el fantasma se le había aparecido y cargado del peso de la semana, el alcohol que le corría por la sangre y con los pantalones sucios de tierra y orines que en algún momento se le habían escapado del cuerpo igual que el valor después de haber visto a aquella figura transluciente por primera vez, se decidió a jugarse la suerte, pues nada más había trabajado. Fue así como emprendió su camino hacia abajo de la loma decidido a pagar por cualquiera que fuera ese pecado por el que aquel maldito fantasma lo estaba persiguiendo. Después de todo ya había hecho cuentas con Dios y estaba armado de un valor espiritual que ningún fantasma podría vencer.

Aun así, cuando estaba a punto de llegar a su inevitable encuentro con el aparecido, el miedo era evidente y su corazón brincaba dentro de su pecho como un potro indomable. Por esta razón decidió que era mejor cerrar los ojos por eso de que si el fantasma era más horrible de lo que se imaginaba. Continuó caminando hasta llegar al lugar aproximado y se dejó vencer por la curiosidad abriendo así sus ojos. Cuando por fin pudo mirar al fantasma sintió confusión, rabias y vergüenzas de las que no podría librase nunca. En el lugar adonde lo esperaba el fantasma había una mata de yagrumo que se movía en un vaivén lento a donde la llevaban las brisas que provenían de la loma.

En un acto de coraje agarró la mata y la arrancó de raíz mientras que le maldecía la madre por haberle hecho perder toda la noche en la loma pensando que era un fantasma. Después de haber destruido la mata de yagrumo en algunos mil pedazos se sentó nuevamente en el camino; sucio y orinado se lanzó hacia atrás y comenzó a reírse como un loco. El alivio que sentía era evidente, y entre su alegría y su risa de loco analizó todo lo que aquella noche había pensado. Luego de unos minutos se levantó del suelo mientras miraba el tope de la loma y el lado del camino adonde la mata de yagrumo había estado plantada unos momentos anteriores. Volvió su mirada al camino y continuó hacia su hogar. Al llegar allí entró en su aposento, se quitó la ropa llena de polvos y orines y se sentó semi desnudo en el borde de su catre mientras que divisaba un calendario de hojas en la pared. Se levantó a arrancar la hoja del calendario, pues hoy era un nuevo día para descansar y tratar de olvidar las tantas promesas que hizo en aquella noche mientras se orinaba del miedo. Inmediatamente se le ocurrió la mejor idea de la noche; levantó las hojas del almanaque para marcar un día en este, pues ya sabía cuál era la mejor forma de olvidar cualquier cosa, y su respuesta se encontraba en la barra del barrio el próximo viernes.

La Cajita de las Preguntas

EL COQUÍ CANTABA SUS melodías mañaneras, y los pitirres los acompañaban dando aires de lo que sería por todos los indicios disponibles, un día perfecto. Fue así como el hombre abrió sus ojos dejando entrar un poquito de luz solar, para luego levantarse de la cama. Se sentó en la orilla de su colchón de lujo, con la emoción llenándole el pecho, pues ese era un día que había planeado por mucho tiempo, y por fin estaba allí. En unos momentos que parecieron instantáneos ya se estaba bañando en su baño con aguas calientitas a la temperatura que le gustaba, ni muy frías o calientes. Luego se vistió apropiadamente para el itinerario del día; el cual había repasado en su mente por al parecer una eternidad. Nada ni nadie habría de impedir que este día se desarrollara de la forma que lo tenía en su mente. Abordó su vehículo, lo encendió y realizó la llamada, la única llamada que haría o contestaría en ese día tan importante. Al otro lado de la línea, la voz contestó en la afirmativa, lo cual ponía en marcha el plan y el vehículo en el que viajaría desde una urbanización muy exclusiva en la ciudad a un campo de un barrio puertorriqueño.

El viaje duraría unos cuarenta y cinco minutos a través de carreteras que comenzarían en aquella urbanización muy exclusiva de un pueblo para luego atravesar un carretera expreso que a su vez continuaría rumbo a las carreteras del barrio en donde creció y donde en este día recogería a su progenitor para un día que él parecía estar planeando eternamente. Durante el viaje por las carreteras que lo llevarían a su barrio de origen y con el verdor del lugar como fondo panorámico, repasaba todo lo que tenía planeado. Había hecho una lista en su mente, y estaba dispuesto a marcar con asteriscos de completo cada una de las casillas de la lista. No habría una pregunta sin hacer y si Dios lo ayudaba no habría una pregunta sin respuesta propia; pues solo Dios sabía cuántas cosas inquietaban el alma de aquel hombre que buscaba reconectarse con una parte de su alma, a la cual había dejado atrás muchos años atrás como a aquel barrio pobre.

Al llegar a los umbrales de la casa que lo vio crecer, el lugar que había sido testigo de sus primeros pasos y tropiezos en este mundo se detuvo momentáneamente a pensar y a analizar cómo fue que, desde esta cuna de pobrezas, él había llegado a ser alguien en la vida, algo más que un pobre hombre de barrio condenado a la pobreza heredada de sus padres. Todavía con estos pensamientos en su mente procedió a entrar al pasado de sus recuerdos. Y sentado en el sillón de la sala, su padre lo esperaba, vestido para la ocasión según lo acordaron los dos hombres casi semi extraños el uno del otro. Procedió a abrazar a su padre fuertemente en un abrazo que deseaba sentir eternamente, y su padre lo abrazó con la misma intensidad, no había un reproche en su mirada solo el cariño y amor por su hijo al cual no veía, ni escuchaba desde hacía mucho tiempo. Allí en medio de la casa pobre de su papá, el hombre pudo comenzar a ponerles los asteriscos a las cajitas de las preguntas de su lista preconcebida.

Desde la casa, abordaron el vehículo del primogénito rumbo al segundo paso en el itinerario. Y en un abrir y cerrar de ojos se encontraron sentados en un colmado conocido por ambos, adonde comenzaría oficialmente la búsqueda de respuestas. Aquel colmado, típico de una era ya desaparecida en Puerto Rico contaba con la acostumbrada meseta, sillas redondas de cojines rojos de los que dan vueltas, y en la que más de una vez el padre había corregido a su hijo, que se sentaba a girar en estas como si estuviera en un parque de diversiones. Por alguna razón mística o inexplicable el dueño del lugar todavía lucía la apariencia física que tenía durante la niñez del hombre. En el lugar las paredes se notaban sucias de tiempo. No era un sucio por falta de higiene, sino que marcas que el tiempo había dejado a través de los muchos años en aquel lugar que había servido para apaciguar las hambres de todas las gentes que cruzaron sus puertas en busca de alimentos; con un traguito de café o un desayuno criollo; o un jugo del país de acerolas, parchas o tamarindo para acompañar una <u>mixta criolla</u>[1] . En aquel colmado había de todo para todos en aquel pueblo de nadie.

Ya sentados en una mesita en la esquina, el colmado se encontraba extrañamente vacío, solo él y su viejo se podían observar en el lugar. Los dos sorbiendo un pocillo de café con leche caliente acompañando un plato de desayuno criollo. Fue así como la conversación tomó rumbos en busca de respuestas atrapadas en el tiempo. El hombre comenzó inquiriendo acerca del pasado, no de su pasado, sino que del pasado de su padre. Las preguntas comenzaron a fluir sin ninguna inhibición y el viejo las contestaba de la misma manera sin tan siquiera titubear:

"¿Cuándo eras niño ¿cómo vivías?"

"Pue[2] , con el viejo en el rancho."

"¿Se pasaba necesidad?"

"To[3] el tiempo mijo, to' el tiempo."

"¿Por qué no aprendiste a leer o escribir?"

"Pue mi viejo necesitaba ayuda con los demá y yo siendo el mayol tuve que dejal la escuela de niño."

"¿Y a qué edad fue eso?"

"sei o siete año."

"¿Por qué no vivían juntos los abuelos cuando yo los conocí?"

"El pai[4] mío se emborrachaba y se desquitaba con la vieja, pue ella lo dejo y se fue."

"¿Y tú no te fuiste con ella?"

---

1. Mixta Criolla: Plato típico en Puerto Rico que consiste en arroz, habichuelas y algún tipo de carne.

2. Pue: manera de decir la palabra <u>pues.</u>

3. To': Corto por la palabra <u>todo.</u>

4. Pai: manera de decir la palabra <u>papá o padre.</u>

"Ya yo estaba bastante grande y ella se fue sola, no se llevó a nadie."

"¿A nadie?"

"¡U hum!"

"¿Y cómo conociste a mami?"

"Visitando la vieja en Ponce, ahí vivía tu mamá."

El padre no se demostró incomodo en ninguna ocasión con ninguna de las preguntas. Lejos de eso, las contestaba con la calma y sinceridad que lo definía desde que su hijo tenía uso de razón. Y con cada pregunta según se consumían el desayuno y la mañana, el hombre le fue poniendo marcas de completado a las cajitas de sus preguntas. El hombre notaba que el tiempo no pasaba, un poco aletargado como para darle la oportunidad de contestar todas las preguntas de una vida de separación total. Ya entraba el mediodía y todavía había algo que hacer, y los dos estaban vestidos para esa ocasión.

Nuevamente en el coche, no hubo conversación alguna; pues no estaba en el itinerario mental del hombre. Solo hubo un silencio que hacía sentir una calma profunda a los dos seres que en aquel día reconectaban algo de sus vidas anteriores. Aun así, en presencia de su padre, él se sentía feliz de poder respirar el mismo aire que su viejo respiraba. Y la presencia de éste le otorgaba aguas refrescantes que le ayudaban a apagar las llamas de un infierno privado que llevaba dentro de sus entrañas. Esa calma que se siente cuando eres niño y algo en el mundo te hace daño, y en donde solo encuentras paz entre los brazos de tus padres. Era así como la figura inigualable de su padre lo hacía sentir, seguro de sí mismo. Todavía no lo podía creer que tenía esta oportunidad de sentirse así. Y tal como lo había planeado, no desperdiciaría ni un minuto de aquel día, pues llevaba años añorando aquella oportunidad divina.

Después de aquel corto viaje de silencios, llegaron a su destino del día, un lago que se conectaba con el pueblo de donde los dos eran oriundos. Ya fuera del coche, el hombre se dirigió al baúl de este; lo abrió y sacó lo que parecía ser la caña de pescar más cara del mundo. Un obsequio que su padre apreciaría, pues si los recuerdos no lo engañaban su padre siempre deseó comprar una de estas; pero nunca tuvo dinero que alcanzara para estos lujos. Caminó hacia el frente del vehículo y le mostró al viejo aquel su obsequio perfecto. El anciano notablemente emocionado tomó la caña de pescar en sus manos y con lágrimas en sus ojos volvió a abrazar a su hijo nuevamente causándole unas ganas de llorar, las que aguantó hacia atrás por eso de que los hombres no lloran. Aun así, apretó de cerca a aquel viejito por unos minutos largos. Y así todo iba de acuerdo con su plan perfecto.

Unos minutos más tarde los dos vestidos de pescadores se encontraban bajando una colina que llegaba desde la carretera hasta las orillas de aquel lago. El hombre recordaba aquellos viajes en su infancia, aunque había algunas diferencias en el mismo y sus razones. Como lo recordaba, el viaje era a través de caminos y atajos que cruzaban por carreteras, quebradas y caminos polvorientos. Las razones para ir de pesca eran también diferentes; pues en la pobreza en que se vivía su infancia, el pescado no era solo parte del sustento familiar, sino que también parte del negocio de venderlo por algún dinero que los ayudaría a evitar hambres a corto plazo. De esta manera continuó aquel día tal y como él lo había planeado. Hoy no pescaba por alguna necesidad económica, eso estaba en el pasado. Ya él era alguien que había hecho algo con su vida. En estos momentos su necesidad era más precaria que lo económico, era una necesidad espiritual, la cual solo podía llenar con la presencia de su viejo. Y en este día no habría ningún inconveniente que le impediría contestar la lista de preguntas que llevaba en el alma. Ni por todo el dinero dejaría el pasar la oportunidad de gastar todos los minutos de este día al lado de su padre.

El día estaba soleado, pero el calor no era insoportable y bajo la sombra de un árbol de almendras a orillas del agua y la brisa de un viento sereno que los refrescaba a los dos, lanzaron sus hilos de pescar a diferentes áreas del lago. Durante el día, las preguntas se enfocaron en la niñez de aquel hombre. Otra vez y sin ninguna inhibición le hizo preguntas al viejo:

"¿Por qué teníamos que pescar para vender?"

"Pa[5] hacer un poquito de chavos[6], pue yo no tenía trabajo fijo."

"¿Y en qué trabajabas tú cuando yo nací?"

"Obras públicas, cortando pasto, pero me botaron cuando se puso flojo."

---

5. Pa': Corto por la palabra p<u>ara.</u>

6. Chavos: Manera de decir <u>dinero.</u>

"¿Entonces?"

"Pue a trabajar buscando aquí y allá."

"¿Y lo de las latas de aluminio?"

"Las latas de aluminio eran una forma de hacer unos chavitos pa' no pasal hambre."

"Ok."

"No era fácil, pero se sobrevivió."

"Sí, se sobrevivió."

"Al meno tú no tuviste que hacer lo mismo y progresaste."

"Yo sé."

"¿Viejo tú te acuerdas de cuando íbamos a la playa con el abuelo?"

"Como no, a mi viejo le encantaba el mar."

"Y a nosotros también."

"¿También te acuerdas de cuando me castigaste por hablarle malo a la vecina?"

"A las personas mayores se respetan."

"¿Y de cuando nació mi primer hijo?"

"¿Cuándo me volviste abuelo? Sí me acueldo cuando nació el guebon."

"¿Viejo estás orgulloso de mi?"

"Pue seguro que sí, tú progresaste y te hiciste alguien en la vida; alguien mejol que yo."

"No diga eso, que no es verdad."

"Esa es la verdá."

De la misma manera que lo había hecho mientras desayunaban, el anciano contestó cada pregunta sin ninguna inhibición, calmadamente y hasta con una sonrisa en su rostro; lo que volvía a reafirmarle a aquel hombre de que era aquel el día perfecto que él eternamente había planeado.

Durante el día los peces no dejaron de morder las carnadas y continuaban cayendo en la trampa de sus anzuelos y habían pescado los peces más grandes del mundo. No había manera de explicar la buena suerte que experimentaban en aquel día. Y nuevamente el tiempo se movía de una forma lenta, lo cual él no se podía explicar. Para él que durante toda su vida de adulto solo hubo tiempo de buscar dinero y perseguir fortuna, este día no tenía precio, pues estaba recuperando tiempos perdidos en los cuales, por falsos orgullos, molestias sin explicación o por pura ignorancia se había alejado de sus padres por más de veinte años. Mirando hacia el lado, encontró al viejo sumido en sus pensamientos, así como él estaba sumido en los suyos. Se dio cuenta de que el tiempo ya había hecho estragos en su padre; pues se le notaba el cansancio de una vida llena de sacrificios y trabajos en el rostro. Y aunque esto lo preocupaba, no habría nada que le impidiera ponerle el asterisco de completo a las cajitas de todas sus preguntas.

Al llegar la tarde el sol comenzaba a descender en el horizonte y el viejo todavía mostraba una energía juvenil. Ya habían pescado lo suficiente, y ambos decidieron terminar el día de pesca para ir a algún lugar a comer algo y matar sus hambres.

"¿Qué quieres de comer?" -le preguntó a su padre.

"Cualquier cosa me da lo mismo."

"Hoy, te voy a llevar a comer mariscos, una langosta de diez libras en ajo y mantequilla, camarones al ajillo o un carrucho en salsa. ¡Lo que tú quieras mi viejo, no hay nada que tú pidas en lo que yo hoy no te vaya a complacer!"

Había ensayado esas palabras por mucho tiempo y al fin había tenido la oportunidad de usarlas.

"Pa' qué comprar esa cosa, eso es gastar chavos de má'." -dijo el padre como era de costumbre.

Al escuchar aquellas palabras se sintió un poco abochornando, pues no había contado con aquella respuesta. Y fue así como se encontró perdido por unos momentos ya que esta inconveniencia no estaba en la lista preconcebida de su mente. De cualquier manera, y como lo solía hacer en su niñez, su padre lo rescató de aquel momento

"Vamo a comer lechón con verduras en la lechonera[7]."

Momentáneamente analizó como y cuanto había cambiado su vida y también cuan diferentes eran las vidas de ellos dos. El atrapado en la eterna búsqueda de lujos y riquezas; el viejo atrapado por las pobrezas de su pasado. Los dos tan diferentes. Los dos tan distantes en edades y experiencias.

Unos minutos más tarde se detuvieron en una lechonera, y en la vitrina se notaba el lechón asado recientemente, con un cuerito tostado y al parecer crujiente. Y al lado la otra vitrina mostraba varios tipos de viandas como el ñame, yautía, yucas y batatas. Procedió a ordenar suficiente comida pare tres cuando apenas eran dos. En su mente era mejor que sobrara y que no faltara. Como lo decía el dicho *"Pa' qué falte, que sobre."* El viejo se notaba feliz con una perpetua mirada de entendimientos y armonías. Había en él una paz sublime que en aquel día lo definía. Fue así como el hombre lo había planeado y era así como estaba sucediendo ante sus ojos. Todo continuaba en una secuencia de sucesos que él podría catalogar de perfectos. Otra vez se abrió paso a las preguntas. Nuevamente y sin ningún tipo de molestia, el padre le contestó todo lo que preguntó calmadamente como lo solía hacer:

"¿Cómo te sientes?" -preguntó el hombre.

"Yo estoy bien."

"¿Cómo has estado en estos años?"

"Un poco malo de los pie, pero eso la eda."

"¿Te hace falta algo? "

"No, mijo no me hace falta ná'."

"¿En qué te puedo ayudar? Pídeme cualquier cosa."

"Yo no necesito ná, si acaso te aviso."

---

7. Lechonera: Lugar en Puerto Rico adonde se vende lechón asado acompañado de diferentes tipos de comidas como arroz y/o viandas.

Llegó la noche y ya se sentía satisfecho de haberle puesto asteriscos a las cajitas de sus preguntas. Fue así como ya había llegado la noche y el viejo pidió a su hijo que lo regresara su hogar. El hombre complacido de la perfección de aquel día, ya lleno de paz espiritual y con los fuegos de sus infiernos privados en peligro de extinción; abordó su vehículo en el cual llevaría a su padre de regreso a su casa de pobreza.

El viaje de regreso fue como los anteriores, silencioso y con la paz que le producía la presencia de su padre en la vida. Durante el viaje no miró hacia el lado; solo se concentró el sentirse a salvo de las maldades del mundo en que vivía. En aquel su día perfecto había logrado contestar todas las preguntas que lo inquietaban, excepto una. Había logrado dedicarle a su viejo un día entero, después de veinte años de contactos intermitentes. Consiguió en este día llenar su alma de ánimos y de una paz espiritual completa. Solamente le quedaba una pregunta, la cual a lo mejor no debía de hacer. Se asomaba ya la carretera que finalmente lo llevarían a él y a su padre a la casa del olvido. Se desmontaron del auto y nuevamente un estrecho abrazo entre los dos, duró unos minutos, sin que ninguno de los dos comentara nada. De repente se sintió acorralado por la necesidad de contestarse esa última pregunta y la lanzó sin titubear:

"¿Papá, tú me perdonas?"

En ese preciso instante el viejo se despegó de su hijo luciendo compungido y adolorido como si aquella inquisición le hubiese destrozado el alma en mil pedazos. Se dio la media vuelta, entró a su casa, cerró la puerta y apagó la luz.

La luz del alba entró por los ojos semiabiertos del hombre y éste despertó de inmediato. El día estaba lluvioso y frio. Había un dolor en su pecho que no lo dejaba respirar. Se arrepentía de tantas cosas; tanto que sus lágrimas no daban abastos como para aliviar el dolor de aquel vacío que sentía, el vacío del arrepentimiento. Nuevamente había soñado con su padre, el cual había muerto unos cinco años atrás. Otra vez su imaginación lo traicionó proveyéndole con la divina oportunidad de contestar las preguntas que no hizo nunca. Una vez más su alma andaba por el mundo de los sueños buscando el contacto y tratando de comprar con su dinero lo que no podría comprar jamás, unos minutos más de vida a su fallecido viejo. Y con cada sueño que tenía, más adentro se hundía el puñal de la decepción y la culpa. Con cada regalo que obsequiaba en los místicos días perfectos junto a su padre, se hundía en pánico, confusión, decepción, tristeza y depresión, pues aquellos momentos que anhelaba en sus sueños ya no eran posibles. Y cada vez el sueño terminaba de la misma forma, con la puerta cerrándosele en la cara y sin que el padre contestara aquella pregunta que le desgarraba el alma. Este evento se seguía repitiendo en su subconsciente y le recalcaba la realización de que a ese infierno privado nadie le podría apagar sus dolorosas y ardientes llamas; por el resto de su vida. Aquel día perfecto con el que él que soñaba solo servía para recordarle que no fue un buen hijo; pues remplazó el amor con lujos y ambición. Y también se repetía para reprocharle que ya no habría formas de recuperar el tiempo ni de pedir perdón; porque desde el silencio de la tumba la muerte no ofrece segundas oportunidades.

Debajo del Flamboyán

EL GALLO CANTABA LOS buenos días en la mañana; rompiendo el silencio de lo que había sido la noche tranquila, mientras el coquí dormía sus siestas del día, después de haberle ofrecido una serenata gratis a los montes y las colinas de aquel barrio puertorriqueño. Una por una las casitas de los vecinos fueron encendiendo velas, quinqués [1] o bombillas para alumbrar los pasos de sus residentes. Luego de unos minutos el olor a café inundaba los aires de aquel lugar, dándole un placentero olor a aquella mañana fresca. Al pasar unos minutos las puertas de las casas comenzaron a abrir para darle paso a los hombres quienes se dirigían a sus jornadas de trabajo. Todas las puertas abrieron y cerraron como si estuvieran sincronizadas; pues la mayoría de aquellos trabajaban para la misma empresa. En el medio de todas estas casas, una de las puertas no abrió. La luz se había encendido como todas las demás, pero desde ella no provenían olores a café, ni alguien que se dirigiera a su trabajo.

Adentro de la casa se encontraba el hombre; sentado en el borde de un sillón viejo, mirando hacia el suelo con los dedos de los manos cruzados. Pensativo y cabizbajo todavía ponderaba que iba a hacer aquel día. En el único cuarto de la casita dormían sus hijos, todas acomodados en la misma camita improvisada de dos niveles. Se levantó con suma dificultad para ir a mirar adentro de la lacena y hacer inventario de lo que allí quedaba.

1.
Quinque:
Lámpara de mesa alimentada con petróleo y provista de un tubo de cristal que resguarda la llama.

Una lata de café casi vacía, una lata de sardinas, una lata de sal, unas latitas de salsa, adobo y un poquito de azúcar en un contenedor improvisado. Hoy no herviría café antes de que se levantaran sus hijos, para asegurarse de que herviría suficiente para todos. Luego de hacer aquel inventario de sus pobrezas abrió la puerta para ir a la letrina a vaciar la punchera[2] y para orinar de vez. En su camino de regreso buscaría en los nidos de las gallinas para ver si en la noche anterior le habían dejado unos huevos para el desayuno, para mitigar las hambres mañaneras de aquellos niños que al igual que él estaban huérfano desde que su mamá salió huyéndole a la pobreza y los dejo a todos atrás.

Aquel hombre que ya pasaba de sus cuarenta años se encontraba desempleado desde el año anterior en el cual había sufrido un accidente que casi termina con su vida. Se había caído de un segundo piso mientras trabajaba para la compañía de construcción más lucrativa del pueblo. En aquel fatídico momento se encontraba empañetando una pared cuando de momento la escalera donde se encontraba parado se movió y éste vino a caer de espaldas en el pavimento golpeándose la cabeza, lo que resultó en que quedara inconsciente por un rato largo. Luego de ser llevado al hospital local adonde lo atendieron por varios días, fue enviado a su hogar donde el doctor prescribía descanso, mientras que su realidad económica demandaba dinero.

Después de unas semanas de inactividad comenzó el duro trabajo de rehabilitación; pues se había lastimado la espalda lo que haría que experimentara mucha dificultad empeñando su trabajo de albañil improvisado. Al pasar de unos meses, regresó a su lugar de empleo dispuesto a trabajar como lo hacía por más de veinte años, pero su cuerpo ya no era el mismo. Al principio los empleadores se mostraron comprensivos de las dificultades que él exhibía al tratar de cumplir con sus obligaciones. Más, sin embargo, con el pasar del tiempo la comprensión se trasformó en una desilusión que casi se percibía hostil hacia a aquel empleado que les había dado los mejores años de su juventud y vida. Un día después de que éste llegó a su trabajo temprano como lo solía hacer y el capataz lo abordó inmediatamente:

"Amigo podemos hablar un momento?" -inquirió el capataz.

---

2. Punchera: Tinaja usada por personas que no contaban con un sistema de agua potable adentro de su hogar.

"Pue seguro jefe." -respondió el hombre.

"Por favor pasa por mi oficina en unos minutos."

"¿Pasa algo jefe?"

"No, nada."

Unos momentos más tarde se encontraba frente a la puerta de la oficina del capataz y tocó la puerta para pedir el permiso de pasar.

"Pase." -dijo una voz desde adentro.

"¡Buena!" -saludó el hombre al entrar.

"Tome asiento por favor."

"¿Pasa algo?

"Bueno si amigo, tenemos que hablar."

"¿Qué e?"

"Amigo usted ha trabajado con nosotros por más de veinte años, y crea que se lo agradecemos con toda sinceridad; pero desde que se lastimó su producción ha bajado y no podemos seguir empleándolo."

"¿Me están botando[3] ? Dispue[4] de tanto año trabajando aquí, me están votando. ¡Por favor! Jefe mire que tengo unos cuantos de niños que mantener y estoy solo con ellos."

"Créelo que nos rompe el alma tomar esta decisión, pero esto es un negocio y necesitamos personas saludables para completar los trabajos que tenemos. Usted sabe cómo es la cosa."

"Pero usted sabe que yo soy un hombre responsable y trabajador, yo hago lo que ustedes quieran, pero no me no voten pol favor."

---

3. Botando: despidiendo o terminando su empleo.

4. Dispue: manera de decir la palabra despu<u>és.</u>

"Si yo lo sé que tú le metes las manos a todo, pero créame que esta no es mi decisión."

"¿Y de quien es del dueño? Yo puedo hablar con él."

"No creo que sea prudente a esa gente no le importa nada."

"¡Por favor hombre! Me va a deja sin trabajo dispue que me lastime tra-bajando pa[5] ustedes, tenga un poco de pena que mis hijos necesitan que yo trabaje."

"Yo lo sé hombre, yo te conozco, pero esta decisión es final y no puedo cambiar-la. Le voy a pedir que lo tome con calma. Váyase a su casa y cálmese, ya algo le caerá luego, y perdónenme no es lo que yo quiero hacer."

"Yo sé jefe, yo sé, es que me voy a quedar jodio con tanto muchacho y sin trabajo."

La realidad era que el capataz se sentía horrible con aquella decisión, pero él era un empleado más. Se había pasado unos días pidiéndole a los dueños que mantuvieran a aquel empleado en cualquier trabajo, pues era uno de los más dependientes de todos los que empleaban. Pero aun así de nada sirvió que prácticamente rogara por aquel hombre de cuerpo roto. El empleador había hecho calculaciones y el dinero valía más que alguna lealtad que aquel hombre les había brindado a través de los años. Y como era la realidad de muchos empleados, allí no había ningún recurso de protección que cuidara a los empleados de los abusos o riesgos que se tomaban mientras trabajaban para su empleador, pues los políticos del lugar trabajaban exclusivamente para las personas adineradas.

Un año había transcurrido más desde aquel día en que el hombre fue despedido del trabajo. Hoy era otro día más en el que cuando los demás hombres del barrio se encontraban trabajando para proveer por sus famil-ias, él se encontraba hundido en la eterna preocupación de proveerle a sus hijos lo más básico de la vida, un techo y el sustento diario. Había aplicado para muchos trabajos, pero en todos los lugares le negaban oportunidad; pues su salud no era optima y nadie quería cargar con un cuerpo roto. Resignado a no poder trabajar nuevamente se había acostumbrado a tratar de hacer trabajos temporeros alrededor del barrio, pero en un lugar adonde

---

5. Pa': Corto por la palabra <u>Para.</u>

las demás personas eran tan pobres como él, los trabajos eran escasos y esporádicos. Aun así, había uno que otro de sus vecinos que le ofrecían trabajos temporeros en los que se ganaba un poco de dinero para no tener que pedir.

Luego de haber caminado con un poco de dificultad hasta la letrina a vaciar la punchera, fue a un cubo de agua se lavó las manos y la cara. Entró a su casita y colocó una olla en la estufa donde herviría unos huevos que las gallinas habían puesto en la noche anterior mientras escuchaban una serenata gratuita de parte de los coquíes. Después de hervir los huevos y colar un poco de café para el desayuno, levantó a los niños y les sirvió aquel desayuno incompleto. Unos momentos después volvió a salir y se sentó en un banco de madera improvisado el cual se encontraba debajo de un árbol de flamboyán que se disfrazaba de rojo para romper el verdor de aquella montaña adonde se encontraba el barrio.

Sentado bajo del árbol, ponderaba sus próximos movimientos. Primero iría al árbol de panas[6] para ver si había alguna lista para comer. Se llevaría de vez su machete y su piqueta por si lo de las panas no estaba disponible, entrarse al monte en busca de ñames[7] silvestres. Una cosa o la otra le serviría para mezclarla con su última lata de sardinas para darles el almuerzo de aquel día a sus hijos. Así era su vida desde que se cayó hacia atrás. Todo iba siempre lento o de revés. Al cabo de unos minutos, se encamino monte adentro acompañado de su hijo mayor en busca del almuerzo de aquel día; lo que les tomaría unas horas, pues entre la búsqueda y su dificultad al caminar ya él no podía hacer las cosas rápido como la hacía antes. Llevaba consigo un machete, una piqueta, un saco y un pequeño radio de baterías adonde escuchar un poco de música y las noticias de último momento.

Primero llegaron al árbol de pana y no pudieron divisar alguna que estuviera lista para ser consumida. Luego se dirigieron al monte en busca de los bejucos de ñame para ver si encontraban alguno que estuviera listo para desenterrar. Pasaron unos veinte minutos y nada. No había bejucos, a la vista. Caminaron un poco más monte adentro y luego de más

---

6. Panas: Panapén fruta importada a las Américas desde las Indias del oeste.

7. Ñames: m. Planta herbácea de la familia de las dioscoreáceas, muy común en los países tropicales, con tallos endebles, volubles de tres a cuatro metros de largo, hojas grandes y acorazonadas, flores pequeñas y verdosas en espigas axilares y raíz grande, tuberculosa de corteza casi negra y cuya carne, cocida o asada es comestible.

de una hora buscando, encontraron el tesoro enterrado. El hombre y su hijo comenzaron el trabajo de desenterrar el alimento de aquel día. Éste comenzó a cortar las matas del alrededor para dejar un espacio adonde los dos trabajarían para extraer la vianda, mientras le daba instrucciones a su hijo:

"Tiene que cortar to' los bejucos del rededor."

"¿Y por qué?"

"Pa' que cuando este usando la piqueta no se te encaje en los matorrales y te dé un cantazo."

"Pero eso es más trabajo."

"Es más trabajo, pero hay que hacerlo si queremo comel hoy."

"¿No hay otra cosa que comer hoy?"

"Hay una lata y sardinas y <u>na' ma</u>[8] ."

"¿Y qué vamos a comer mañana?"

"Primero preocúpate por comel hoy y mañana ya veremos. Colta los bejucos."

"Ok, papá."

Mientras el jovencito cortaba los matorrales alrededor del ñame, el padre encendió la radio que llevaba para entretenerse mientras trabajaban. En este preciso momento sonaba una canción alegre en el radio, y por unos momentos se distrajo de todos aquellos pensamientos que lo agobiaban. Luego de dos canciones ininterrumpidas, el locutor leyó las noticias más importantes del día adonde se le comunicaba al país las mentiras diarias de la clase política. Hablaban de progresos y avances en la sociedad. Pintaban un mundo de oportunidades sin límite, una vida color de rosa de la que aquel hombre de realidad gris nunca había sido ni seria testigo.

---

8. Na'ma': Corto por las palabras <u>nada más.</u>

"Esos hijo e putas come solos." murmuraba el hombre. - *"Siempre hablando mierda de lo bueno que está to[9] y los únicos que ganan son ellos mismos."*

La radio volvió a interrumpir las noticias esta vez para anunciar que el premio gordo de la lotería estaba alto y que este era el momento de jugar para volverse rico. Al escuchar esto el hombre en su desespero buscó en sus pantalones adonde encontró tres pesos que de seguro necesitaría. Comenzó a hacer cálculos de que cosas había en la lacena y de cuánto podría gastar en aquella ruleta de suerte que era la lotería del país. Por unos momentos pensó en que haría con tanto dinero, las cosas que le compraría a sus hijos y de las necesidades que no habrían de pasar. Regresó de estos pensamientos cuando escuchó la voz de su hijo:

"Papá, ya terminé con los matorrales de alrededor."

"Ok, pue ahora hay hacel el hoyo pa sacar el ñame." -

"Ok deme la piqueta pare empezar."

"Ahí está, pero tanga cuidao que no vaya a romper en ñame bajo la tierra."

"Si ya sé papá ya he sacado ñames antes."

El jovencito comenzó a hacer el hoyo unas pulgadas lejos de adonde el bejuco de ñame apuntaba. Piquetazo a piquetazo se fue formando un hoyo de poca profundidad. El padre le pidió al muchacho un receso para verificar que la vianda estaba ya al margen de la profundidad del hoyo. En unos instantes se arrodilló frente al hoyo y comenzó a escarbar la tierra con ambas manos. Luego de unos minutos pudo divisar el tamaño del ñame e inmediatamente se dio cuenta de que aquel ñame no era lo suficiente para toda la familia, por lo que deberían continuar la búsqueda de más de estos si deseaban comer bien. Al fin sacaron ese primer ñame y continuaron buscando por los montes otros bejucos que los ayudara a evitar el hambre por aquel día. A las dos de la tarde, ya con medio saco de ñames en la mano, el padre y el hijo se regresaban a la casa para que los otros chiquillos los ayudaran a pelar las verduras mientras que él preparaba la leña de un fogón que usaba para cocinar viandas, pues tomaban mucho tiempo en hervir y era de mucha urgencia ahorrar el poco de gas propano para la estufa.

---

9. To': Corto por la palabra <u>todo.</u>

Nuevamente, se fue a sentar bajo el rojizo color del árbol de flamboyán, todavía pensativo y planeando su próxima excursión en busca del alimento para sus hijos. El radio de baterías a su lado emitía músicas contemporáneas, y otra vez las noticias locales pintaban vidas de <u>pajaritos preñaos</u>[10] . De nuevo se escuchó el comercial de la lotería que prometía suerte y riquezas a todo el que pudiera comprar una boleta. Otra vez se buscó en sus bolsillos con un poco de desesperación, y todavía contaba con tres pesos. Volvió a hacer la contabilidad para ver si podía comprar una boleta de lotería y no pasar hambres al mismo tiempo. De esta manera comenzó a soñar con las posibilidades de que aquel día fuera su día de la suerte, en el que podría dejar atrás la desesperante necesidad que lo venia atacando hacía más de un año. Esta vez una de sus hijas le hizo el honor de devolverlo al presente.

"Papá yo creo que ya están las verduras."

"Ok, déjame vel." -*r*espondió caminando hasta el frente del fogón para punchar las verduras con un cuchillo y así poder verificar su blandura.

"¿Ya están papá"?

"Si mija[11] *ya están, llama a los demá pa'comel en lo que yo preparo la latita de sardinas."*

"Ok, papá."

Entró a la cocina de su casita, abrió la lacena y buscó la lata de sardinas. Nuevamente pasó inventario de lo que quedaba; un poco de café, una poquita de azúcar y un gran espacio vacío. Apoyó la cabeza en la puerta de la lacena y dejo escapar un suspiro de decepción y desesperación. Tendría que ir al colmado con sus tres pesos a ver cuánto podía alargarlos para comprar algo para la próxima mañana. Después de haber preparado las sardinas salió y frente al fogón le sirvió un plato de ñames con unas poquitas de sardinas a cada uno de sus hijos, les instigó a comerse todo, y les instruyó que después se fueran a bañar a la quebrada adyacente que hacía función de baño público para todo aquel que no podía pagar por agua potable. Luego

---

10. Pajaritos preñaos: En el pueblo de Puerto Rico esta es una forma de decir que le están mintiendo a las personas a las que les están hablando de una realidad, la cual no es actual o factual.

11. Mija: Corto por las palabras <u>mi hija.</u>

de esto se dirigió al colmado a buscar algunos artículos para la mañana siguiente.

Entró al colmado precisamente en el momento en el que la radio repetía el comercial de la lotería, y también en el momento en el que su desesperación lo acosaba. Sabía que aquellos tres pesos eran lo único que le quedaba de la última vez que trabajo para algún vecino, y de que los prospectos de otros trabajos para un hombre con el cuerpo roto no eran buenos. Comenzó a buscar las cosas más baratas que podía comprar con todo el dinero que tenía y luego de haber escogido casi tres pesos de mercancía, la desesperación lo invadió. Regresó algunos artículos a su posición de origen y separó lo suficiente para una boleta de lotería. Caminó a su casa, se paró frente a la iglesia y le pidió a Dios uno de esos favores que los pobres suelen pedir. Él no quería ser rico, lo que no quería era que sus hijos pasaran hambres. Le pidió a Dios por un poquito de suerte y de repente se llenó de esperanzas de que Dios lo había escuchado y de que su boleta iba a salir premiada.

Ya al atardecer acomodó lo poco que compró en la lacena y se fue a sentar nuevamente bajo el árbol de flamboyán. Esta vez un aura de esperanzas lo alumbraba y aunque faltaban dos días para que la lotería anunciara su boleta ganadora se empeñó en creer que su boleta había sido bendecida y de que Dios no lo iba a abandonar en aquel momento tan cruel. Así fue como le llegó la noche sentado bajo aquel árbol mientras que escuchaba un poco de música y se emocionaba cada vez que la lotería le hablaba de la posibilidad de suertes. Ya cansado de preocuparte y agotado por los ajetreos del día, se fue a bañar a la quebrada, volvió a su casa y se acostó a dormir.

Al día siguiente, el gallo levantó el barrio dormido una vez más. Nuevamente las luces de las casitas y el olor a café colado inundaron el ambiente, Uno por uno los hombres se fueron a trabajar, mientras que en su casa él estaba sentado en su sillón viejo ponderando el día y de cómo iba a darles de comer a sus hijos. Volvió a abrir la lacena, hizo inventario y otra vez fue a buscar los nidos de las gallinas para ver si en la noche anterior le habían dejado el desayuno. Una vez más había huevos hirviendo en la estufa para apaciguar las hambres de aquellos chiquillos. Ya con el desayuno en la mano, se fue a sentar en su banco debajo de aquel árbol de flamboyán y a masticar un poco del tabaco de hoja que le quedaba.

Allí pensando en que habría de hacer aquel día para darle algo de comer a sus hijos, pensó en la injusticia de su situación, pues él era un hombre de trabajo que ya no podía trabajar. No era un vago y nunca se alentaría a pedir caridad de nadie. En alguna que otra ocasión lo habían ayudado los vecinos, pero aquello lo hacía sentir como una carga para la sociedad y a él su papá le había enseñado a ganarse su vida con el sudor de su frente, por lo que se le hacía difícil el tener que pedir. En medio del dolor de todos los achaques que sentía desde que se rompió la espalda decidió ir de pesca a el rio del pueblo en busca de las tilapias que allí nadaban. Esta vez acompañado de dos de sus hijos. Llegaron al rio y comenzaron a tirar sus hilos de pesca con la esperanza de poder comer en aquel día. La pesca fue bastante buena y al pasar unas horas ya tenían lo suficiente para comer. Aun así, el hombre y sus hijos continuaron pescando y uno de estos preguntó:

"¿Papá, ya no tenemos lo suficiente?"

"Si, tenemo e ma', pero podemo vender unos pocos por el barrio."

"¿Y a cuanto lo vamos a vender?"

"A lo que se pue, pa' hacer unos poco de chavo."

"Acuérdese de que no podemos cargar mucho y usted no puede hacer fuerzas."

"Yo sé, pero jay que hacel algo."

Durante el transcurso de la excursión de pesca él y sus hijos escucharon música en el radio portátil. Y entre la música y las noticias, el comercial de la lotería continuaba vendiendo sueños a todo pobre que escuchaba su propaganda. Como lo había hecho anteriormente el hombre comenzó a soñar despierto en las posibilidades de ser el ganador. Aquella distante posibilidad en conjunción con aquella desesperada oración a Dios había tenido un efecto semi positivo en aquel pobre hombre. La mezcla de la desesperación y la fe le daban auras de posibilidades y le aliviaban momentáneamente la realidad de su pobreza. Otra vez, uno de sus hijos le hizo los honores de devolverlo al presente:

"¿Papá, no cree que ya tenemos lo suficiente para comer y vender?"

"Creo que sí, pue vamos a recoger los hilos, limpiar los peces e irnos pa' llegar temprano a vender uno poco de esto, comer y bañarnos."

Luego de unos minutos en los que los tres se dieron a la tarea de escamar y limpiar los peces que habían pescado, caminaron hasta su casa adonde el hombre les dio instrucciones a sus hijos de ir por el barrio y ofrecerles los pescados a los vecinos que antes les habían comprado mientras que él iba cocinado el pescado que habrían de comer aquella tarde. Preparó la cena junto a su hija usando un poco de adobo y sal. Los muchachos regresaron con unos seis pesos de ganancias por el pescado que habían vendido. Les agradeció su ayuda y los niños se sentían felices de contribuir al bienestar del hogar.

Terminada la cena y como de costumbre mandó a sus hijos a bañarse mientras que él se dirigía al colmado a comprar algunas cositas con el dinero que tenía. Otra vez se gastó un poco de dinero en boletos de lotería y en el regreso a su hogar volvió a pararse frente a la iglesia a pedir que Dios le bendijera estas nuevas las boletas. Ya en su hogar volvió a rellenar un poco la lacena y aunque no había mucho era más de lo que había dos días atrás. Al menos había algo y eso le daba un momentáneo alivio a la preocupación de que iba a servirles a sus hijos el próximo día. Después de todo mañana era el día en que la lotería podría liberarlos de aquella constante necesidad.

Otra vez fuera de su casa se fue a sentar bajo aquel frondoso árbol de flamboyán al lado de su casa como era de costumbre desde que se había quedado viudo por el abandono y recién parido, pues su mujer se fue dejando a todos sus hijos atrás. Este lugar y el color rojizo de las flores caídas alrededor le proporcionaba un poco de calma a aquel hombre que vivía en torbellinos de preocupación. Entre medio de la calma y sus pensamientos comenzó a llover lentamente. Al principio las lloviznas eran lentas y no mojaron el lugar completo; pero luego comenzó a llover fuertemente y así encontró respuestas a la pregunta de qué iba a comer el próximo día. Entró a su casa, agarró un quinque y un saco mientras que le pidió a uno de sus hijos que se preparara para salir en medio del aguacero.

"Papá ¿adónde vamos con este aguacero?"

"A coger bruquenas[12]."

"¿Y para dónde vamos?"

"Pa' la quebra al pie de mano Aurelio."

---

12. Bruquena: Jaiba, nombre que se da en algunos países de América a muchos crustáceos decápodos, branquiuros, cangrejos de rio y cangrejos de mar.

Empapados por el agua entraron al camino y estaban esperanzados por la oportunidad de cazar aquellos cangrejos de agua dulce en aquel lugar. Primero entrarían a la quebrada, y durante el transcurso irían a buscar al lado de cualquier palma, pues era de conocimiento común para todo el que practicaba este tipo de actividad, que las bruquenas salían a cenar las semillas que caían al lado de las palmas de coco cada vez que caía un aguacero. Antes de llegar al lugar le recordó al hijo sus responsabilidades del momento:

"Acuérdate de no alumbral pol mucho tiempo si ve una porque las azora y se echan a correr."

"Yo sé papá."

"Primero vamo a buscal en las cuevas de siempre y según vayamo subiendo nos paramo bajo las palmas a buscal debajo en las pencas secas."

"Ojalá cojamos muchas para vender unas pocas."

"¡Dios te oiga mijo!"

Llegaron al camino que los conduciría a la entrada, y encendieron el quinque antes de internarse en la inmensa obscuridad de aquella quebrada en medio de la maleza. Inmediatamente fueron a revisar las pequeñas cuevas al lado del agua adonde ellos sabían que las bruquenas acostumbraban a internarse. La casería comenzó lenta y en los primeros minutos no divisaron nada. Luego encontraron la primera palma en la ruta y allí encontraron dos. Camino quebrada arriba sostuvieron conversaciones esporádicas de lo que estaba pasando, la escuela del muchacho y otras cosas. Aquella excursión duró unas cuatro horas y al finalizar la noche de casería habían agarrado algunas diez bruquenas. No eran suficientes para vender, pero si para combinarlas con un poco de arroz el día siguiente y de esta manera aplazar el hambre.

Amanecía un nuevo día, húmedo por los aguaceros de la noche anterior. Era ya viernes y después de su acostumbrada mañana de botar los orines de la noche anterior, de robarles los futuros a las gallinas, y de hacer un poco de café para servírselo con pan y huevos a sus hijos; fue a sentarse en su acostumbrado lugar bajo el árbol de flamboyán. Observó que había más flores rojas en el piso que de costumbre, el resultado de tanta agua que había caído. Hoy, no había planes de ir a buscar tesoros alimenticios enterrados, ni de ir de pesca, pues ya tenía diez bruquenas en un cubo de agua para cocinarlas con arroz. Hoy el plan era esperar por un milagro de suerte y hacer algunas cosas durante el día mientras esperaba el resultado de la lotería y de los cinco números que podrían cambiar su vida. Después de todo, él había orado con fe y sentía que la contestación seria en la positiva.

Al llegar la tarde cuando ya se acercaba la hora de su destino, encendió la radio y entre música y comerciales esperó por los resultados de los sorteos. Solo cinco números y ya mañana no habría que hacer inventarios de la lacena vacía. No tendría que robarles los huevos a las gallinas, ni internarse en el monte a desenterrar, pescar o cazar sus alimentos. Fue así como llegó la hora de la verdad, y la ansiedad de las posibilidades explotaban en el pecho de aquel pobre hombre que, en sus eternas ansias de poder proveer por sus hijos, se había gastado un poco del escaso dinero que tenía en aquel sueño de números. Al cabo de unos minutos la radio anunció los números ganadores, y esos no eran los suyos. Mirando hacia abajo en busca de la esperanza y sintiendo el vacío de la realidad se dio cuenta de que el premio gordo no sería de él. Por lo que la próxima mañana habría que volver a la eterna lucha por sobrevivir.

Como lo había hecho anteriormente, el hombre decepcionado rompió todos los boletos y los tiró al suelo. Luego de unos minutos se resignó a la realidad de ser un hombre con el cuerpo roto. Estaba dispuesto a trabajar, pero para él no habría trabajos. Estaba dispuesto a orar para ver si Dios se apiadaba de él, pero no recibía respuestas divinas. Estaba dispuesto a cualquier cosa menos a pedir. Allí bajo el árbol de flamboyán se sentó como lo hacía desde mucho tiempo atrás a ponderar los próximos pasos que habría de tomar. Tenía su cuerpo roto, pero su espíritu de luchador estaba intacto. Allí sentado como todos los otros pobres del mundo que jugaban la lotería, le rogaban a Dios y se gastaban el dinero que no tenían en boletas de lotería que al fin y al cabo eran como las flores de un árbol de flamboyán; muy bonitas ofreciendo la oportunidad de mirar un color diferente a la realidad del presente. Aunque ese sólo era un engaño como lo es un espejismo en el desierto, pues las flores del flamboyán tenían la misma posibilidad de dar frutos que las que tiene un pobre de ganarse la lotería. Y sentado debajo del flamboyán el hombre habría de gastarse la vida soñando con riquezas mientras se le consumía la vida entre imposibles loterías de eternas pobrezas.

Mandamientos

EN AQUELLA TARDE EL hombre salió de su casa rumbo a la iglesia. Llegaría a esta caminando desde una esquina del barrio a otra. Este era su día de alabar a Dios y de ofrecerle un poco del tiempo que Él mismo le había regalado; al igual que su vida y todas sus bendiciones. Iba vestido con su mejor ropa de domingo, una camisa blanca de manga larga, pantalones formales obscuros y sus zapatos limpios y recién brillados. Todo lo mejor para agradar en la presencia de Dios en su casa. Durante el camino andaba sumido en sus divinos pensamientos de lo feliz que era de la mano de Dios, y de todo lo que él hacía para vivir al agrado del todo poderoso.

Unos minutos después de haber comenzado su viaje se encontró con un perro flaco realengo. El animal estaba sucio y mal tratado; lo que por alguna razón fue del desagrado de aquel hombre tan cristiano. Pensó en lo feo que estaba el animal y le hizo amagues para sacarlo de su vista. El perro asustado corrió hacia el otro lado de la calle y no se percató de que venía un auto en su dirección. El conductor piso el freno, pero fue un poco tarde y aquel perro encontró su final debajo de las gomas de aquel auto. El hombre miró al perro y pensó que mejor era así, para que no estuviera ensuciando el mundo con su fea imagen, además de eso Dios sabe lo que hace y trabaja de formas misteriosas. Aplicando esta lógica concluyó que por alguna razón aquel perro realengo debió de morir aquel día, y él no era quien para cuestionar la voluntad de Dios.

Unos instantes más tarde pasaba frente a una pancarta de propaganda religiosa en el cual se podía divisar una imagen de un Cristo Blanco, cabellos lacios y ojos azules. La imagen del salvador perfecta de acuerdo con los gustos del que escribió la historia. Se semi arrodilló para hacerle reverencias a aquella falsa imagen del hijo de Dios y pensó en la hermosura de aquella imagen y de cómo algunos estaban equivocados al sugerir que Jesús no podría ser un hombre de tez blanca basado en el dato geográfico de adonde se encontraba el pueblo de Israel. Pensó que un Cristo de color trigueño o negro era una aberración a su Dios blanco, pues algo de ese color no cumplía con sus requisitos de divinidad.

Más adelante en su camino, divisó a una pareja que iba caminando al otro lado de la calle. Observó a la mujer de su prójimo y se imaginó en el lugar de aquel otro hombre. Pensó en la hermosa mujer y de cómo a lo mejor él se merecía su agradable compañía. Después de todo, él era un hombre decente, trabajador y religioso. *¿Qué más podría aquella bonita mujer desear de su hombre?* Pensó en las cosas intimas que él podía hacer por ella y ella por él en la privacidad de su hogar. Y envuelto en esos pensamientos siguió caminando rumbo a la casa de adoración. Luego de esto se encontró a uno de sus hermanos biológicos y lo saludo como siempre:

"Hermano Cristo te ama."

"¿Hombre adónde vas tan tarde?"

"A la Iglesia como siempre."

"Oye, y después de la iglesia ¿Vas a ver a los viejos?"

"¿A qué viejos, a los míos?"

"Pues, ¿A qué viejos más?"

"Tú sabes que yo hace tiempo no hablo con los viejos."

"¿Tú todavía estás con esa mierda?"

"Es que los viejos y yo no creemos en la mismo."

"Deberías practicar lo que predicas. ¿Para qué vas a la iglesia?"

"Mi relación con mi Dios es primordial en eso usted no se meta."

"Ok, pues te dejo que no voy a seguir pidiéndote que hagas lo que es correcto."

"Que Dios te acompañe."

"Igual a ti que te hace falta más que a mí."

"Dios te reprenda esa boca."

De esta manera se despidió de su hermano para continuar camino a Dios. De momento miró hacia abajo y vio en el suelo una billetera de hombre. Se dobló y abrió la misma y pudo verificar que adentro había una significante suma de dinero. Entonces buscó en el interior de este algún papel de identidad y no encontró ninguno. Era una bendición de Dios pensó. Sacó el dinero de la billetera, la tiró a un lado y siguió su lento caminar hacia la iglesia. Unos momentos después se encontró a un vecino que buscaba por algo alrededor. El vecino se aproximó al hombre y preguntó:

"Hermano, ¿Usted no se encontró una billetera en el camino?"

"¿Una billetera en el camino?" -respondió el hombre con cara de asombrado.

"-Si, es color marrón y tenía toda mi paga de esta semana adentro."

"Pue mira que yo creo que como que vi una billetera tirada al lado de la carretera allí abajo."

Le dijo al otro mientras apuntaba en la dirección donde él mismo había tirado la billetera. El vecino corrió dirigiendo su atención hacia el lugar adonde se encontraba la billetera y la recogió del suelo. Entonces pudo verificar que estaba vacía. Luego se regresó al hombre y le dijo:

"Hermano, ¿Usted vio a alguien caminado por aquí?"

"No, no había nadie."

"¿Usted está seguro de que no vio a nadie?"

"Le juro por Dios que no he visto a nadie."

"¡Maldita sea la madre! Se me perdió la billetera y me quede sin nada."

"Es posible que alguien haiga pasado por aquí antes que yo."

"¿Y quién habrá encontrado mi dinero?"

"A lo mejor fueron esos muchachos de más abajo de la escuela. Usted sabe que se pasan caminando por ahí."

"Me voy a joder, se me perdió el dinero de hacer la compra y pagar el agua."

"Tenga fe hermano que Dios no se olvida de nadie."

Se despidió de aquel hombre desesperado y reanudó su camino a la casa de Dios, pensando que iba a dar una mejor ofrenda hoy por la suerte de haberse encontrado un poco de dinero sin dueño; pues cómo él iba a saber que el dinero realmente le pertenecía a aquel vecino, si la billetera no llevaba ninguna identificación. Unos minutos más tarde se detuvo a saludar a uno de sus mejores amigos. Se paró frente a la casa de éste y gritó:

"Pedro hermano ¿dónde estás?"

"Aquí estoy hermano jodio, pero no es tu culpa."

"¡Jodio tú! Con todas las maneras en que Dios te ha bendecido."

"Me ha bendecido, pero aun así tengo muchos problemas de todos lados."

"Ya quisiera yo tener una casa tan bonita como la tuya. Un carro nuevo como tú y tan buenos muebles. ¿De qué te quejas hombre?"

"¿De qué me vale tener todo esto si no tengo salud?"

"Tú sabes lo que tienes que hacer. Pídele a Dios por salud y salud él te dará."

"Yo siempre le he pedido por salud, pero nada."

"Debes tener más fe."

"A lo mejor es verdad lo que dices."

"Creo que si Pedro, es que tenemos que orarle a Dios con fe. Ok., te veo entonces que voy tarde para la iglesia."

"Ok. Ora por mí cuando entres."

"Así lo haré mi hermano."

Ya se había de despedido de su amigo cuando se puso a pensar en lo mal agradecido que era Pedro, pues si él tuviera todas aquellas cosas materiales que su amigo tenía sería más feliz. Momentáneamente aquel pensamiento se trasformó en envidia. *¿Por qué había gentes como esa que no agradecían nada?* Después de todo había que mirarlo a él dedicándole su vida a Dios con toda la sinceridad del mundo, y no tenía ni la mitad de las cosas materiales que su amigo poseía.

Ya casi llegando a su destino, se tropezó y al tratar de mantener su balance se le cayó la biblia que llevaba debajo del brazo. Se sintió molesto consigo mismo, pues había dejado que la palabra de Dios tocara el suelo sucio. Recogió el libro de inmediato, lo cerró y lo volvió a colocar debajo de sus axilas. Llegó al templo y saludó a todos sus hermanos en Dios. El servicio comenzó a las 6 P.M. como todos los domingos. Brincó, cantó y alabó como todos los que allí estaban. Se sentía feliz y perfecto en la presencia de Dios. Abrió la biblia apestosa de todos sus sudores y pecados. Leyó lo que el pastor pidió que leyera, alabó como el pastor dijo que alabara. Ofreció una bondadosa ofrenda a Dios. Cuando el culto habría de terminar, el hombre cerro su biblia y se arrodilló. Y como todos los domingos le agradeció a Dios por la bendición de su vida, pero por sobre todo se dijo a si mismo que un hombre como él era la muestra viva del cristiano perfecto; pues nadie como él vivía día a día respetando y honorando los diez mandamientos.

Hormigueros

E L CIELO ESTABA SEMI nublado en ellos cielos del barrio, y las nubes comenzaban a reunirse cómo para hablar de lo que estaba pasando en este. O a lo mejor era que ya estaban enteradas del plan de aquel día, y era posible que derramaran sus lágrimas encima de las montañas del alrededor; las cuales se arropaban del verdor que siempre las cubría. Como cuando esperaban ser regadas de las bendiciones lluviosas que ocasionalmente las nubes solían ofrecerles a las tierras secas de aquel pueblo puertorriqueño. Debajo del cielo, en la tierra en el medio del batey[1] se encontraba una niña de algunos cinco años jugando con una muñeca de trapo; como era muy común en las casas pobres de la isla. La niña sostenía una conversación con su juguete en la cual discutía el itinerario del día. Primero ella habría de cumplir con las ordenes de mamá: *"No te quiero ver en el medio"* le había dicho ésta y también las instrucciones de papá: *"Te desapareces."* Según la niña le comentaba a su muñeca de trapo, sus padres estaban ocupados haciendo algo de importancia que ella no entendía. Y mientras sus hermanos estaban ayudando a sus padres, ella estaba confinada a quedarse sola en el batey sin molestar a nadie. Especialmente a sus padres a los cuales siempre percibía enojados sin razón alguna.

Cuando había llegado el mediodía el padre de la niña se apareció con un carretón tirado por un viejo caballo. La niña emocionada corrió hacia su padre para observar a aquel animal que lucía cansado y sediento. Éste al ver

---

1. Batey: palabra taina que significa patio.

a su hija acercándose le dio una mirada seca, de esas que dicen mil palabras, sin que la persona haya abierto su boca. La niña al mirar esto, retrocedió con un miedo intenso, pues ella recordaba cuando fue la última vez que su papá la había mirado de esta forma, y las consecuencias que sufrió por no haber sabido leer estas expresiones en su rostro. Otra vez sola en el batey, la niña le confesó a su muñeca que su papá no era muy bueno con ella, y a lo mejor era porque ella no era buena o no se portaba bien. Aun a aquella tierna edad ella estaba consciente de que a sus hermanos los trataban mejor, y que por alguna razón que la eludía, a ella no se le daba el mismo beneficio de cariños efusivos.

En aquel preciso momento no había calor alguno, lejos de esto el lugar se sentía refrescado; pues las nubes en el cielo continuaban su bochinche de la mañana y no dejaban al sol mirar lo que estaba ocurriendo en los planos de aquel barrio. Ya pasadas las 3 P.M., el carretón estaba cargado de lo que al parecer eran las pocas pertenencias de aquella gente, que en aquel día cargarían su pobreza de un barrio de la isla a otro. Durante toda la mañana habían trabajado junto a sus hijos mayores vaciando la casucha donde vivían para trasladarse a otro lugar lejos de aquel barrio en busca de liberarse del mayor de sus pesares. Ya listos para partir repartieron instrucciones a sus hijos de como habrían de comportarse durante el viaje y de las consecuencias de no seguir instrucciones al pie de la letra.

Fue así como comenzó la mudanza, el padre sentado en el frente del carretón dirigiendo al caballo por el árido camino que conectaba los diferentes barrios con el Camino Real, una vía de tierra construida por el gobierno para conectar barrios con barrios y pueblos con pueblos. El sol todavía escondido tras las nubes comenzaba a descender en el horizonte nublado mientras que el carretón entraba desde el Camino Real a otro camino que entre el verdor de llanos y montes llevaría a esta familia pobre a su destino predeterminado. A la parte de atrás del carretón, la mujer se aseguraba de que los niños se mantuvieran sentados como lo habían instruido. Estaban sentados en el medio junto con los sacos de ropa que les hacían de colchones para aquel viaje tan incómodo. Alguno que otro se había dormido y el que no, estaba observando la naturaleza alrededor del camino. Todos sentados y todos cansados de la ardua preparación de la mudanza. Todos con la excepción de la niña y su muñeca de trapo. A la chiquilla la habían sentado a la parte de atrás del carretón sin tomar en cuenta de que era la bebe de la casa. Aquella acción hubiera parecido inexplicable para cualquier persona, pero por algún motivo, no era de cuidado para sus padres.

El caballo tiraba del carretón lentamente, pues la carga era un poco pesada para el solo; pero eso fue lo único que el hombre pudo pagar, un carretón y un caballo viejo. En la lentitud del viaje, la niña se durmió abrazando a su muñeca de trapo como lo solía a hacer en su casa cuando la mandaban a acostarse sola en la esquina más obscura de esta. Ya se acercaba la noche y el caballo se había detenido a un descanso bien ganado. Luego de unos veinte minutos de inercia, el hombre se montó en el carretón y le dio un latigazo al caballo, para que se dejara de vagancias y arrancara con empuje. El caballo respondió de manera súbita y trató de huir de aquel lugar. En el ajetreo del momento, la niña se cayó del carretón y se levantó asustada y con un inmenso dolor en las costillas, pues todavía dormía cuando su cuerpo hizo contacto con el suelo. Y fue así como la niña comenzó a llorar, estaba un poco obscuro y en aquella obscuridad no lograba ver a al carretón, ni a sus padres. El pánico inundo la mente de la niña y ella comenzó a correr gritando en dirección contraria al carretón. Desde lejos y guardados por la obscuridad de la noche, el hombre y la mujer se miraron uno al otro; miraron a sus otros hijos para cerciorarse de que estaban dormidos, se ofrecieron una leve sonrisa y continuaron en el camino, escuchando como la distancia ahogaba los gritos de horror la niña, a la cual hacia un tiempo estaban planeando abandonar.

Mientras tanto en el camino, la niña inundada de terror gritaba del miedo de sentirse sola en aquel monte obscuro. De repente, las nubes comenzaron a llorar, llevaban toda la mañana cargadas de emoción y los llantos de la niña fueron como el último estrago que pudieron aguantar. La niña buscó refugio debajo de un árbol de pumarosas tratando de evitar que las gotitas que en alguna otra ocasión la hubiesen enviado a jugar en el medio del batey, no la mojaran ahora, pues estaba obscuro, tenebroso y muy frio. De repente comenzaron las chicharras a gritar, pues se les habían mojado sus casas. Un búho comentaba sus pesares, sentado en algún árbol, mientras los sapos conchos de un río adyacente comenzaban una fiesta de croar por la bendita lluvia. La niña, aterrorizada, se orinó en su trajecito semi mojado y continuó buscando algún indicio de la dirección que habían tomado sus padres. Entre caminos y maleza, se le gastaron todas sus energías, se sentó a la raíz de un árbol de mango a descansar, y fue así como entre el miedo y el cansancio, se quedó dormida.

Al día siguiente la niña se levantó en lo que parecía ser el medio de algún infierno, pues en su cuerpo sentía cientos de diferentes fuegos picantes. Estos eran los resultados de cientos de picaduras de las hormigas de un hormigueo que se encontraba a la raíz de aquel árbol de mango. Nuevamente en el camino se oyeron los gritos de chiquilla que desesperadamente trataba de deshacerse de aquellos insectos que intentaban quemarle la piel. Se lanzó al suelo mojado por la lluvia de la noche anterior y dio vueltas en el fango. Ya toda sucia, aun no podía desprenderse del dolor que le causaban todas las picaduras que había recibido. En medio de todo este dolor la niña todavía buscaba razones por la cual sus padres no volvieron por ella. *¿Será que no se han dado cuenta de que ella se cayó?* En su mente repasaba la posibilidad de que sus padres no se habían cerciorado de que ella no estaba con ellos. Y por más que buscaba una razón, no podía encontrar alguna.

Ya a eso de las 10 A.M., la niña se había rascado tanto que sus uñas tenían sangre mesclada con fango tratando de aliviarse del picor de las cientos de ronchas en la piel que las picadas de hormigas le habían dejado. Sufrió un ataque de ansiedad que no la dejaba respirar al recordar el hormiguero que se la trató de comer viva. En medio de esta desesperación llegó el dolor del hambre y ella comenzó a sentir fuertes retorcijones en sus tripas lo que la llevó a caminar hacia atrás en busca del árbol de mango en donde había sido víctima de las hormigas rabiosas. Ya al llegar a este comenzó a buscar en el suelo por algún mango maduro que le ayudara a aplacar su hambre y casi de inmediato consiguió uno de estos en el suelo, y comenzó a comerlo. En frente de ese árbol que estaba un poco lejos del camino, la niña espero comiendo mangos, pues estaba segura de que sus padres volverían por ella. Llegaron las3 P.M., y la chiquilla comenzó a sentir escalofríos, se estaba quemando en unas fiebres. Comenzó a sollozar en el medio del monte y a gritar por sus padres. *¡Mamá, papá estoy aquí vengan a buscarme! ¡Ay, mamá, tengo miedo ayúdame! ¡Papá estoy aquí búscame! ¡Yo no me quería caer, no me dejen!*

Luego de unas horas, las fiebres estaban ganando la batalla y la niña se acostó en el pasto a descansar, y fue ahí cómo comenzó a delirar. La quemaban dos infiernos, el infierno de las picaduras que ya se habían vuelto ronchas, y el infierno de las fiebres. Poco a poco se hundía más en un cansancio que no podía controlar y comenzó a gemir débilmente tirada en aquel pasto semi mojado. Estaba llena de fango, oliendo a orines, con mil picaduras de hormigas, y para el colmo los mosquitos comenzaron a picarla en todo su cuerpo sacándole un poco de sangre con cada mordida. Luego un momento, ya el dolor, la desesperación y la incertidumbre habían hecho estragos psicológicos en aquella pequeña, y su cuerpo se estaba rindiendo por el cansancio y la fiebre. Allí tirada en el suelo, dejaba escapar un callado llanto mientras continuaba llamando a su mamá: *¡Mamá me pica! ¡Mamá me duele! ¡Mamá ayúdame!*

En esos precisos instantes un hombre venia por el camino caminado rumbo a su hogar. iba por la orilla para evitar enfangarse sus zapatos cuando un peculiar objeto le llamó la atención en medio del camino. Allí se encontraba tirada una muñeca de trapo, toda sucia y mojada. El hombre se detuvo a examinar aquel juguete y analizaba que no podía estar allí por más de unas horas. Luego de unos minutos el individuo decidió seguir su camino pensando en la pobre criatura a la que se le había perdido la muñeca. Bajo su mirada al suelo y reanudó sus pasos. De momento el hombre se detuvo al notar que en el lugar donde caminaba había huellas en el fango, huellas de un niño que al parecer había caminado en diferentes direcciones y por lo visto estas pisadas eran recientes. El hombre se detuvo a observar en qué dirección se dirigían las huellas, y a analizar si había algo fuera de lo común en ellas. Por unos minutos el hombre buscó alrededor del lugar y no alcanzó a ver nada, solo el trapo de muñeca y las huellas. Fue así cómo decidió continuar caminando hacia su destino y borrar de su mente aquel falso presentimiento.

Luego de caminar unos minutos, el hombre se detuvo de repente mientras su corazón había brincado en su pecho cuando alcanzó a escuchar un débil gemir que provenía de algún lugar cerca del camino. Comenzó a buscas frenéticamente por el origen de aquellos gemidos y no podía acertar de donde provenían los mismos; se detuvo momentáneamente a esperar otro sonido de aquella criatura. Y otra vez otro gemido lo envió corriendo en dirección al rio, lo que le causó pánico al pensar en las posibilidades de que hubiese allí un niño ahogándose. Llegó al borde del agua y no acertó a ver nada. Miró hacia el norte y el sur del rio; de una orilla a la otra y no encontró nada. Ya los nervios le ganaban la batalla, cuando se tropezó con la niña que, tirada en el suelo enfangada, apestosa a orines y llena de ronchas se encontraba delirando de fiebres.

El hombre recogió la niña de inmediato, y sin pensar en que se le ensuciarían los zapatos comenzó a correr en dirección a su hogar. La niña ya no tenía fuerzas para llamar solo gemía del dolor. En algunos treinta minutos llegó a su hogar donde su esposa lo miró asombrada. Éste le relató como encontró a la niña en el fango mientras que ella la desvestía y él se dirigía a calentar aguas en el fogón del patio de la casa. Al desvestir la niña, la mujer comenzó a llorar cuando pudo ver que, en el cuerpecito desnudo de ésta, había cientos de picadas de insectos que ya lucían infectadas. Mientras el agua se calentaba, la mujer tomó un trapo lo mojó y comenzó a quitarle el fango de las piernas y las manos a la niña. Luego de unos minutos, la mujer le dio un baño de aguas tibias a la niña que aún no se levantaba de sus delirios.

El hombre y la mujer acostaron a la niña en un catre viejo que tenían y fue allí donde la mujer comenzó a curarle las ronchas con miel y alcanfor. Este remedio casero era típico de la gente del área, y la mujer lo aplicaba a la niña, mientras ella se peleaba con la fiebre y el ardor sin abrir sus ojos. La mujer comenzó a rezar por la niña mientras que encendía unas velas a algún santo católico. El hombre sentado en la sala se notaba enojado y preocupado. La mujer al notar estos se sentó a su lado mientras que este le relataba como había encontrado a la chiquilla. *¡Hay gente hija e puta en este mundo!* Le decía a su mujer mientras apretaba sus puños del coraje. *¿Cómo le hacen eso a un angelito como ese?* A unos pies de distancia la niña se peleaba con las ronchas y la fiebre dentro del olor a miel y alcanfor.

Ya en la noche la pareja se hacía más preguntas mientras observaban a la criatura pelearse con la hinchazón de las ronchas y la fiebre que al fin comenzaba a disminuir un poco. En toda la tarde la señora se la había pasado poniéndole pañitos de alcohol en la frente a la niña mientras que le volvía a aplicar el remedio para las picadas. Así pasó la noche entera con la niña volviendo poco a poco a su temperatura normal, y con la pareja prestándole cuidados a través de aquel su primer día de haberse convertido en huérfana de padres vivos. La niña observaba a su alrededor con un miedo tentativo, pues algo le decía que estaba a salvo, pero aun así extrañaba a sus hermanos mucho más que a sus propios padres. Pero por sobre todo extrañaba a su muñeca de trapo, pues era esta su mejor amiga en el mundo de soledad que vivía alrededor de su familia. Lloraba por no saber dónde estaba su única compañera de lo poco que ella podía recordar en esos precisos momentos.

Con el pasar de los días la niña comenzó a recuperarse de su breve enfermedad, aun así, en su cuerpo había muchas marcas de las llagas de las ronchas y de todo lo que ella misma se rascó para tratar de aliviar el horrendo picor que la acompañaban desde que se quedó dormida al lado del hormiguero. Todas las tardes, la señora que la cuidaba le volvía a aplicar su remedio de miel y alcanfor. Mientras tanto el hombre continuaba preguntando por el barrio si alguien sabia de alguna madre que se le hubiese perdido una niña, y no encontró a nadie que le respondiera en la afirmativa. Después de unas semanas en esta búsqueda, la pareja decidió cuidar de la niña, la cual según ella misma se llamaba Jesuita. Y ese fue el nombre por el que la conocieron sus padres del camino.

Al pasar de unos meses Jesuita aún se sentía vacía, pues todavía sentía el vacío del abandono. Aunque sus nuevos padres la trataban como sus viejos padres nunca lo hicieron, todavía extrañaba a sus hermanos y a su muñeca de trapo. Con el pasar del tiempo la pareja se acostumbró a haberse convertido en padres adoptivos y le ofrecieron a aquella niña el amor y el cariño del cual ella nunca había sido participe en su vida anterior. Le enseñaron a leer y escribir como lo hicieron con sus hijos, los cuales ya eran adultos. La regañaron cuando necesitaba un regaño y la abrazaron cuando necesitaba un abrazo. La niña del camino se había convertido en la niña de la casa.

Un año más tarde mientras Jesuita y su nuevo papá se encontraban en la plaza del mercado comprando unas verduras, ésta alcanzó a ver a una figura que le parecía conocida y sin titubar un momento corrió hacia un niño que estaba allí, y lo abrazó fuertemente. El hombre se sorprendió cuando llegó a alcanzar a ver a Jesuita abrazando aquel otro niño mientras los dos lloraban. Inmediatamente se realizó lo que estaba pasando, y entre el entendimiento y el coraje comenzó a buscar al adulto responsable por aquel niño. El niño era uno de los hermanos de la niña, y entre sollozos, abrazos y besos le decía cuanto la extrañaba. Después de unos minutos el padre de Jesuita apareció frente a ella y la niña lo miró con asombro y corrió hacia él para tratar de abrazarlo, lo que este no permitió poniendo sus manos al frente de los brazos abiertos de la niña.

El hombre del camino no pudo aguantar más la rabia y se paró de frente a pedir una explicación del porqué del abandono. La discusión fue intensa, y entre los hijo e putas, malparidos y otros insultos se pasaron unos minutos muy intensos en los cuales Jesuita y su hermano se vieron atacados por los nervios y comenzaron a llorar. Los dos hombres continuaban discutiendo, con el hombre del camino reclamando una explicación, y el padre de la niña reusándose a ofrecer alguna. Poco a poco los aires se fueron calmando y los dos hombres lograron tener una conversación semi civil, después de aquella intensa discusión. Luego llegaron a un acuerdo semi cordial. Al terminar la conversación, el hombre tomó a Jesuita de la mano y el padre de ella tomó a su hermano de la misma forma para dirigirse a sus respectivos hogares. Los dos niños no entendieron lo que estaba pasando y nuevamente comenzaron a llorar a gritos. Aun así, los dos hombres se dirigieron en direcciones contrarias. Los dos niños mirándose hasta mas no poder, no sabían que ellos también se dirigían a diferentes destinos.

Con el pasar de los años, Jesuita mantuvo contactos intermitentes con su familia de origen, especialmente con sus hermanos. Ya en su juventud en camino de convertirse en una mujer, comenzó a sentir el rencor del abandono. Sus padres adoptivos de los cuales le estaba eternamente agradecida le habían dado el amor y el cariño que nunca había recibido de sus propios primogenitores. Aun así, se resentía de que al igual que su muñeca de trapo la habían abandonado en lo obscuro de aquel camino. Todavía tenía las manchas de las ronchas de las picadas de aquel hormiguero como para recordarle aquel suceso que cada vez se disolvía un poco más en su memoria. Los padres adoptivos se rehusaban a darle las razones que los padres biológicos habían tenido para abandonarla, y esto le causaba un vacío y un rencor que no podía explicarse, además de un odio interno que no podía perdonar.

Fue así como Jesuita comenzó a resentir a sus hermanos y trató de alejarse de estos para siempre. Al fin y al cabo, ella era solo un trapo que abandonaron en el camino. Aun así, estos trataron de mantener contactos, que siempre fueron intermitentes a través de los años. De esa manera la familia que la había abandonado se convirtió en su segunda familia a la cual trataba con respeto y a la que últimamente aceptó con reticencia. Al pasar de los años, la madurez le enseño a Jesuita que sus hermanos no tenían nada que ver con sus abandonos, pues estos eran también unos niños igual que ella. Fue con ese entendimiento que finalmente logró librase del rencor y el odio que la consumía desde su niñez.

Con el pasar del tiempo, ya alejada de aquella experiencia de abandonos e incertidumbres, ella formó su propia familia. Por razones muy obvias ella siempre cuidó de sus hijos celosamente. Nunca dejo que alguno de ellos se cayera del carretón de su cariño. Aprendió de su madre del camino a ser la mujer cuya verdadera madre nunca fue, y les enseño a sus hijos lecciones que sus padres adoptivos le enseñaron a ella. Jesuita siempre le contó a su familia como fue que había sido abandonada aquella tarde en un obscuro camino y del terror que experimentó en aquel momento. Siempre les mostró las manchas que las picadas que las hormigas habían dejado en su cuerpo, y nunca dejo de repetir la historia de cómo fue que la curaron con miel y alcanfor. Al fin y al cabo, ella nunca se enteró de las razones de aquel abandono, pero no dejo que este definiera su vida.

Muchos años más tarde y en el ocaso de su vida, su verdadero padre vino a parar a su hogar y ella lo recibió como si nada hubiese pasado. Al ver esto sus hijos no entendían porque ella insistía en tomarse el tiempo de cuidar a este individuo que la había abandonado cuando apenas era una niña. Y este a su vez nunca le dejo saber el motivo del abandono. Sus padres adoptivos ya muertos en aquel momento tampoco le revelaron las razones que aquel hombre les había dado. Solo le dijeron a través de los años que solo Dios sabía lo que hacía, y esa siempre fue su respuesta. Jesuita cuidó de aquel hombre como si él hubiese sido el padre más abnegado del mundo. Al ver estos sus hijos que desde niños tenían conocimiento de lo que éste había hecho le reprochaban a su madre, pues según ellos ese hombre no valía la pena. Aun así, ella cuidó de este hasta su último momento, algo que él no se merecía.

Ochenta y tres años más tarde, Jesuita ya había presenciado el nacimiento de la cuarta generación de su familia. Era una anciana feliz que no dada indicios de haber comenzado la vida siendo víctima de la crueldad del abandono. Debatiéndose con el cáncer y en su lecho de muerte estaba rodeada de su extensa familia que a través de aquellos momentos la cuidaba celosamente y acompañada por el único hermano que le quedaba, aquel que la había abrazado celosamente después de reencontrase. Éste sostenía una de sus manos; mientras los dos se pedían perdón por pecados que no eran suyos. Habían pasado tantos años desde que se había dormido al lado del hormiguero y todavía con las manchas en su piel; la niña que se cayó del camino se encontraba encaminada a la muerte. En aquellos interminables días, al ver como sus familiares iban y venía a disfrutar de su compañía por quizás la última vez fue que sus hijos entendieron porque ella había decidido perdonar a sus padres.

Y es que a veces en la vida nos paramos en un hormiguero que nos pica y nos deja huellas. A veces esas picadas y ese ardor nos convierten en personas llenas de odio y egoísmo; y nos damos a la tarea de repartir estos a todas las personas que conocemos. En el caso de mi abuela, aquella niña que se cayó en el camino, la acides de las picadas dejo sus huellas, pero ella fue el ejemplo de que, aunque a veces nos paramos en un hormiguero, es más fácil dejar que la miel deje su dulzura y su sabor en la esencia de nuestro ser. Ella les mostró a sus hijos y todo aquel que tuvo la oportunidad de compartir con ella de que es más fácil repartir la dulzura de la miel; que el regar el mundo con los hormigueros de un odio que parece imperdonable.

La Última Muerte

EL HOMBRE ESTABA SENTADO en el banquillo del frente de la iglesia cabizbajo y triste. La luz del lugar estaba un poco opacada como para denotar los aires del dolor que se dispersaban en la atmosfera del lugar. Alrededor las diferentes personas que se daban vueltas murmuraban pensamientos o exaltaban historias. En una esquina una bocina emitía himnos religiosos, mientras que en la otra se encontraban los diferentes arreglos florales y las coronas de flores. En el centro de aquella iglesia se encontraba un féretro con una mujer que dormía su sueño de descanso eterno. El hombre levantó la mirada para divisar a su madre por lo que sabía serian sus últimas memorias de ella. Y con las lágrimas bajándoles por el rostro recordó cuando fue la primera vez que se le había muerto su mamá.

Aquella primera vez llegó sin previos avisos cuando él visitaba a su mamá para asegurarse de que estaba bien. Recordaba cómo un fin de semana se dirigió a la casa de su primogenitora para chequear como ella estaba; pues esa era su costumbre. Al llegar a la casa abrió la puerta del frente con la copia de la llave que poseía y entró a la sala donde su madre se encontraba sentada mirando un programa televisivo.

"¡Bendición mamá!

'¡Bendición mijo!

"¿Qué está viendo?"

"Las noticias, espérame déjame bajar el volumen."

Dirigiendo su atención hacia el control de la televisión como para bajar el volumen de esta; la mujer se observó confundida, como si fuera esta la primera vez que tenía el control en la mano. El hombre al mirar esto comentó:

"¿Qué pasa se te olvido usar el control?"

"Es que no encuentro el botón del volumen."

"Es el botón que está a la izquierda. El que tiene una bocina dibujado."

"¿A la izquierda?"

"Si vieja, a la izquierda. ¿no lo ve?"

La mujer aun no encontraba la forma de bajar el volumen de la televisión y se dirigió a su hijo un poco enfuscada por su inhabilidad para encontrarlo. Entonces le dijo:

"Apágalo tú que no encuentro el bendito botón."

"Démelo, yo lo hago."

"Eso me molesta."

"A lo mejor le hacen falta lentes nuevos."

"Pero si estos son nuevos."

Después de esta llegaron diferentes ocasiones de muertes súbditas. En una de esas visitas el hombre entró a la casa de su madre como era de costumbre y encontró una olla de café en la estufa con los líquidos ya secos, y en el preciso momento el humo se estaba regando por toda la cocina. Apagó la estufa, tiró la olla en el fregadero y abrió la llave del agua para mojarla por encima. Preocupado se fue en busca de su mamá, a la cual encontró sentada en la sala tejiendo un paño y sin ninguna muestra de que estaba enterada de los humos que flotaban en su cocina. El hombre se le acercó y sin saludar le dijo:

"¿Vieja usted se olvidó del café que estaba hirviendo?"

A lo que su mamá le contestó con otra pregunta:

"¿Y yo no lo apague?"

"No vieja, no lo apagó."

En otra ocasión la madre se mostró molesta, pues no encontraba su anillo de bodas y visiblemente irritada le comentaba a su hijo:

"No encuentro mi anillo de casada."

"¿Cuál anillo?"

"Pues el de mi boda. ¿Cuál más?"

"Pero ya usted no tiene ese anillo."

"¿Como qué no? Si yo me lo pongo todos los días"

"Yo creo que ya usted no tiene ese anillo."

"Cómo que no, tú sabes lo que se va a molestar tu papá si le digo que se me perdió."

Éste observó a su madre mientras continuaba la búsqueda, pues estaba consciente de que ella se lo había regalado a la mujer que era su esposa hacia años atrás cuando él se iba a casar con ella. Entonces preguntó preocupado:

"Mami, ¿Tú estás bien?"

"¿Y por qué preguntas eso?"

"Por nada."

"¿Y tú estás bien?"

Así los eventos continuaron sucediendo y el hombre se decidió a llevar a su madre al doctor para hacerle un chequeo de salud. Al principio ella se rehusó:

"Yo no estoy enferma."

"No es por eso, es para chequear nada más."

"¿Y qué hay que chequear?"

"Mamá, son solo unos exámenes por si acaso."

"¿Por si acaso qué? Yo estoy bien. No te preocupes."

"Por eso es por lo que la quiero chequear para no preocuparme."

Con el tiempo a mujer fue cediendo ante las constantes demandas de su hijo, hasta que al fin se resignó a la idea de ir al médico para complacerlo. En la visita contestaron muchas preguntas de historial familiar, sucesos pasados y eventos presentes. Luego vinieron los rayos X, y las diferentes máquinas de medicina computarizada. El doctor le explicó el proceso y les exhortó a esperar resultados conclusos. Él y su madre se marcharon a sus respectivos hogares para esperar una respuesta a la pregunta que él se venía haciendo hacía varios meses. Al pasar unos días su teléfono celular recibió la llamada del galeno y el diagnostico que éste habría de asignar.

El diagnóstico vino acompañado de recomendaciones que iban desde la vida hasta la muerte. Se le recomendó al hombre preparar a su mamá psicológicamente para los cambios que habrían de llegar con el progreso de la enfermedad diagnosticada. En este momento que el hombre recordaba aquella llamada sintió unas manos tocándole el hombre y se viró para escuchar a su esposa preguntarle:

"¿Cómo te sientes?"

"Bien, solo un poco cansado."

"¿Estás seguro de que estás bien?"

"Si, ya ella descansa en paz."

"Eso no quiere decir que no duela que se haya ido."

"Si duele, pero nada podemos hacer. Ya no sufre."

Al pronunciar estas palabras se volvió a marchar al pasado y recordó una de las cosas más difíciles para él, comenzar una conversación con su vieja en la que se habría de decidir los preparativos de los funerales de ésta, luego de que él le había comunicado lo que los exámenes médicos habían revelado. En aquella mañana comenzó a hablar lentamente con un profundo dolor en el pecho.

"Vieja, tenemos que hablar."

"¿De qué?"

"Usted sabe que está enferma y que hay que prepararse."

"¿Prepararse para qué?"

"Para el momento en que usted ya no pueda tomar decisiones."

"¿Qué es lo que tú quieres decirme mijo?"

"Quiero saber que usted quiere que yo haga el día que..."

"¿El día que yo muera?"

"Hay que hablar de eso."

"Pues nada, solo entiérrame en el cementerio al lado de tu papá."

"Mamá, ¿Qué usted quiere que yo haga?"

"Nada Mijo, Solo que no sufras por mí."

"Sabe que no es posible."

"Pero tienes que ser fuerte."

"Yo quiero saber que quieres que yo haga por ti en ese momento."

"Ok. Quiero que me velen en la iglesia adonde voy."

"Ok."

"También quiero comprarme un traje de flores como el que tenía mi mamá el día que la enterramos."

"Ok. Lo vamos a comprar juntos."

"Quiero que me canten mis himnos religiosos si no es mucho pedir."

"Así lo haremos."

"Pero por sobre todo hijo, no quiero que sufras."

"Eso no es posible."

"Hijo morirse es parte de la vida y el día que yo me vaya solo será eso parte de la vida."

"Aun así, no me puedes pedir no sufrir por ti."

"Yo lo que pido es que tengas paz."

Esta memoria lo trajo de regreso al presente y al dolor que estaba sintiendo en aquella iglesia del barrio la cual su mamá asistía constantemente antes de morirse por muchos años. Las personas que pasaban frente al féretro para demostrar sus respetos a la muerta, luego se dirigían hacia él para darles sus más sentidos pésames. Alguna que otra persona tenía una anécdota o una historia conocida por él o totalmente nueva.

"Tu mamá era una tremenda persona." -dijo un vecino.

"Cuando yo era más joven me ayudó mucho." -dijo otro.

"¿Por qué se muere la gente buena?" -preguntó el primero.

Así la gente continuó dando el pésame a su manera y él solo callaba y escuchaba. Luego de unos minutos se encontró solo y otra vez comenzó a recordar las tantas otras muertes de su señora madre. Al principio la señora se rehusó a abandonar su hogar, y él terminó por cambiar su rutina de visitar solo en los fines de semana. Ahora llegaba a la casa de su mamá todos los días. Al llegar allí ponía música en un tocadiscos de los años de antaño. Los discos de vinilo sonaban viejos con la estática que los definía, y ocasionalmente algunos brincaban una que otra línea en las canciones, pero esta era la música que a ella le gustaba y él se acostumbraba a escuchar la misma en su compañía.

"Recordar es vivir."

"¿Y qué le recuerda esta música??"

"A mis padres, tu papá, mi juventud."

"¿Cómo era que se llamaban tus padres?"

"Mi papá se llamaba Salvador y mi mamá se llamaba..."

La mujer se quedó pensando y miró a su hijo un poco preocupada y confundida.

"¡Ay! Ya no me acuerdo del nombre de mi mamá."

"Se llamaba Ernesta."

"¿Ernesta?"

"Ernesta, ese era su nombre. ¿Ves ese retrato que está en la pared? El de la mujer vestida con el traje de flores."

"¡Oh! Si esa es mi mamá."

"Si esa es tu mamá Ernesta."

"Era una mujer bien linda."

"Tan linda como tú mamá."

"No quisiera olvidarme de ellos."

"No se va a olvidar, yo se los recordare."

"¡Por favor no me dejes olvidarlos!"

"No, vieja, yo se los recuerdo. ¿Seguimos con la música?"

"Si, vamos a oír mis discos."

En la música de la mujer había discos de canciones románticas, salsa típica y música sacra. La mujer aun en casi todos sus cabales le confesaba a su hijo que la música le revivía el alma, y tambіén le comentaba cuáles eran sus canciones preferidas. Especialmente las que le recordaban a su difunto esposo. En estas y otras ocasiones, él se emocionaba pensando en su papá y como la muerte de éste los había dejado solos. Aun así, el contacto diario con su madre le daba esperanzas de que la progresión del diagnóstico fuera más lenta de lo que el doctor pronosticaba. Con el pasar de los meses, las situaciones y los olvidos comenzaron a pintar un retrato distinto a lo que él esperaba. Por estas razones se decidió a contratar a una vecina para que lo ayudara con su mamá, pues el progreso de la enfermedad así lo dictaba. Habían pasado dos años desde aquel primer momento y los daños de aquella enfermedad ya eran evidentes en el estado físico y espiritual de la mujer.

Luego de unos minutos recordando tantos sucesos de los últimos años, se levantó del banco y se dirigió hacia el féretro a mirar a su madre descansar. Aun con lágrimas bajándole por el rostro, y aquel vacío inmenso que sentía se decidió a salir de la iglesia por unos momentos, como para alejarse del doloroso aire de la perdida. Caminando hacia la puerta sentía como la mirada de las personas lo perseguían cuan si él fuese un extraño en el lugar. En realidad, sabía que aquella gente solo quería demostrarle apoyo en aquel su momento tan difícil, pero el dolor de la orfandad es un dolor privado, y con esto nadie podía ayudarlo a llenar vacíos que causa la eternidad de la muerte. Ya fuera de la iglesia no logró encontrase solo por unos minutos cuando la vecina que lo ayudó a cuidar su madre lo vino a abrazar con un sentido dolor compartido por ambos, y fue así como al volverse a quedar solo, la memoria lo volvió a traicionar y se encontró de nuevo en el pasado hablando con aquella vecina por teléfono:

"Tienes que venir de inmediato."

"¿Qué está pasando?

"Hoy está un poco violenta y me tiró toda la comida al piso."

"Voy para allá ahora mismo."

Al llegar al lugar el hombre entró en los precisos instantes en que su mamá le gritaba a la vecina.

"No me jodas que yo no te conozco, pendeja de mierda diciéndome que hacer. Te vas al carajo de mi casa."

Había una silla de comedor tirada en el suelo, y agua de un vaso regada en este, mientras se podían observar pastillas y algunos alimentos de desayuno tirados alrededor. La vecina visualmente preocupada se dirigió al hombre:

"Hoy no se quiso tomar los medicamentos, ni desayunar, y se ha echado la mañana gritando y tirando cosas. Háblale tú a ver si te escucha."

"Ok, déjame intentar. ¡Gracias yo sé que no es fácil!"

"Eso no es nada, tú sabes que ella es como si fuera uno de mis familiares."

"Yo sé, pero, de todos modos. ¡Gracias!"

La mamá muy molesta continuaba usando palabras vulgares contra la vecina y al escucharla usando esas palabras él se hundía en un inmenso sentido de decepción y preocupación. El doctor le había advertido en una de las tantas visitas que había posibilidades de comportamientos violentos. Aun así, al escuchar a aquella mujer que se gastó todo su tiempo en una vida religiosa usar aquellas palabras, sentía punzadas de dolor y penas en su corazón. Aunque llevaba tiempo preparándose para aquellos momentos nunca estuvo listo para enfrentar la muerte en vida de aquella mujer que significaba tanto para él. Suceso a suceso, pelea a pelea, la mujer continuó perdiendo facultades y llegó uno de esos días que él deseaba que no llegara nunca. La vecina lo llamó para que fuera a ayudarla a bañar a su madre, pues hacía ya un tiempo que no lo dejaban bañarse sola. Al entrar a la casa saludó a la vecina y se dirigió al cuarto de su madre. Al entrar al aposento ella lo miró con sorpresa y se le dibujó una sonrisa en su rostro cuando lo saludó:

"Salvador has vuelto mi amor; No sabes cuánto te extraño desde que me dejaste sola. Y tu hijo te extraña tanto ¿Por qué te fuiste?"

Al escuchar estas palabras él se llenó de emoción y salió del cuarto con las lágrimas corriendo rumbo al suelo. El escuchar a su madre clamando por su padre fue un latigazo cuyo corazón no estaba listo para recibir. Extrañaba a su padre esa era la verdad desde que éste había muerto de repente diez años atrás. El vacío que su papá había dejado en su vida era imposible de llenar para él, quien ahora era testigo de las tantas veces que su mamá había muerto.

Al pasar unos minutos entró nuevamente a la habitación y su mamá lo volvió a mirar con sorpresa y le dijo:

"Mijo ¿por qué lloras?"

"Por nada vieja son las alergias."

"Tú ya saludaste a tu papá, anda por ahí."

"Si ya lo saludé, pero ahora nos tenemos que bañar."

"Si porque yo creo que tu papá me va a llevar a salir a comer."

"A lo mejor vieja, a lo mejor." -dijo aguantando sus emociones.

Al pasar los días el comportamiento de la madre se volvió errático e impredecible. Algunos días gritaba obscenidades a la vecina y hasta a su hijo. Otros sollozaban de dolores que no podía explicar. A veces comenzaba a mover las manos o los pies como si su cuerpo se dispusiera a salir corriendo sin el resto de ella. Se perdía en su propia casa y en algunas ocasiones no dormía toda la noche caminando de un lado a otro. Todos estos síntomas eran de esperarse y aun así todos eran muy difíciles para aquel hombre quien era testigo de estos. Llegó el día en que él y su esposa se llevaron a la madre a vivir con ellos. Le prepararon una habitación y fueron testigos presentes del deceso cognitivo ésta. Un día él entró a la habitación con todos los medicamentos que su madre había de tomar en la mañana. La señora estaba acostada con los ojos abiertos fijos en el techo; la llamó:

"Mamá." -la señora no respondió, su mirada fija en el techo.

"Vieja aquí esta su medicina." -la señora continuó mirando el techo.

"Mamá, ¡levántese por favor!"

La señora movió su cara lentamente para mirar a su hijo y le preguntó:

"¿Quién eres tú?"

"Soy tu hijo vieja."

"¿Mi hijo?"

"Si tu hijo mamá."

"¿Y tú no eres el muchacho que me cuida?"

"Si vieja, soy el muchacho que te cuida, tu único hijo."

"Mi único hijo..."

Con el pasar de unos meses, la madre comenzó a tener dificultad para comer y fue así como lo había explicado el doctor. La mujer entró en las últimas etapas de aquella enfermedad. Día tras día su hijo y su familia se tomaban turnos cuidándola. Hasta la vecina que había cuidado de ella, llegaba diariamente a ayudar con el esfuerzo. Finalmente, la mujer dejo de hablar y de comer. Aquel horrible momento se acercaba y todos en el hogar se preparaban a despedirse de aquella figura tan importante para la familia. Una mañana, la mujer deliraba en su cama, su hijo sentado frente a ella desde la noche anterior no podía cerrar los ojos y aguantaba la mano de esta. Con el sufrimiento mutuo de los dos se le iban agotando los minutos a aquella vida. Él lloraba silenciosamente frente a su madre resignado al dolor que su muerte habría de traer. Luego de un intenso día, el cuerpo de la madre no resistió más y en algún momento se le olvidó respirar y así le llegó el fin al reloj de su tiempo.

Nuevamente parado frente al féretro él observaba a su madre mientras sentía un torbellino de emociones rodeándole el alma. Se sintió huérfano con la partida de su madre. Sintió rabia por la forma que la había perdido. Luego se sintió culpable de que en algún momento u otro de su desesperación, deseó que su mamá descasara par él poder descansar. Envuelto en aquel torbellino de pensamientos observaba a su alrededor a todas las personas que allí se dieron cita para acompañarlo en aquel momento. Entonces se sintió agradecido del cariño y el amor que su mamá le había dado. Agradeció que su mujer, su vecina y todo aquel barrio puertorriqueño le habían regalado su compañía como muestras de cariño y respeto a su vieja, se sintió en paz. Finalmente llegó el momento de cerrar el ataúd, y ese momento intenso doblegó las rodillas de aquel hombre mientras que su esposa y otras personas lo abrazaban; y él entre tímidos gemidos y altos sollozos divisaba como la tapa del ataúd encerraba la imagen de aquella bella mujer para luego llevarla al lugar de su eterno descanso.

Al llegar al cementerio, el pastor de la iglesia comenzó a decir unas palabras de duelo mientras que la tumba se iba llenando de la tierra que habría de sepultar a la mujer para aquel sueño eterno. El hombre parado al lado miraba mientras que volvía a recordar cuando fue la primera vez que se le murió su mamá. Y en el recuento de tantas muertes él sintió conformidad de saber que había hecho por su vieja todo lo que pudo hacer. Y aunque todos la lloraban en aquel momento, incluyéndolo a él, su mamá no había muerto aquel sábado 28 de julio como lo decía la gente. Su mamá había muerto a través de unos cinco años cuando comenzó a olvidar, memoria a memoria, suceso a suceso, respiro a respiro. La última vez que se murió no fue cuando murió su cuerpo; pues la mujer había muerto el día que se le murió la última memoria de su propia vida.

Insomnios

L A NOCHE ESTABA SERENA; no había mucho frio ni tampoco calor. Era una noche para un sueño perfecto. Los mosquitos no molestaban a ninguna persona que se encontraba durmiendo en aquel barrio de Puerto Rico. Más, sin embargo, la mujer no podía dormir. Tenía un terrible presentimiento de que algo malo iba a pasar. Se levantó de la cama y caminó hacia la cocina. Abrió la lacena para buscar allí semillas de manzanilla y tilo seco; para luego hervir el agua y hacerse un té, el cual ella esperaba disipara un poco sus nervios para poder dormir. Llevaba años padeciendo de insomnios maternales.

Luego de hacerse el té, se fue a sentar a la sala con la luz apagada y con ese sentir de vacíes en el pecho; con aquel presentimiento en el alma, estaba resignada a recibir una llamada o a que alguien le tocase la puerta trayéndole malas noticias. Tomó un sorbo de té y otro. Cerró los ojos y se puso de rodillas a orar. A pedirle a Dios que lo cuidara, que le abriera los ojos y por sobre todo que lo regresara a ella con vida. Le rogó a Dios para que su hijo ganara aquella guerra personal que estaba luchando en contra del abuso de las drogas. Y como ofrenda ella ofrecía el resto de su vida en comunión con su divina gracia y a su total merced.

Sentada con su taza de té de tilo pensaba y pensaba en cómo fue que su hijo había llegado a semejante situación y fue así como nuevamente cerró sus ojos como para mirar al pasado y encontrar en este *¿Qué ella había hecho mal? ¿Cuál pecado había cometido para estar pagando esta triste condena?* Así fue comenzó a revivir la vida de su hijo en pensamientos esporádicos que iban y venían como una cinta de video de una película de amor que estaba mezclada con episodios de decepción al igual que algunos de horror.

*"Mamá, mamá. -*fueron las primeras palabras de su niño.

En Otra memoria ya el niño andaba corriendo por el patio de la casa con la mujer persiguiéndolo de cerca para asegurarse de que estuviese a salvo.

"Mi amor no corras que te vas a caer y te vas a dar un golpe."

Otra memoria de algunos años después encontraba a la mujer con el orgullo escurriéndosele del cuerpo al oír la voz de su hijo

"Mamá, la maestra dice que estoy en el grupo de honores porque tengo todas A."

De momento el caliente que le cruzaba por las mejillas la trajo al presente. Sin darse cuenta estaba llorando silenciosamente, y sus lágrimas caían en su taza de té, añadiendo un poquito de sal al sabor semi dulce de este. Tantos recuerdos bonitos, tantas promesas y tanta decepción la mantenían en aquel insomnio del que no podía librarse desde hacía mucho tiempo. Maldito destino que le robaba la vida a su hijo en plena luz del día; mientras que ella trataba de todo por regresarlo al buen camino que siempre deseó para él.

Al principio trató de razonar con el muchacho y le habló de las consecuencias de sus acciones y de cómo le podían arruinar la vida. Éste le contestó negando las acusaciones de la gente que según él no tenían base en la realidad. La mujer procedió por pedirle a su hijo un favor:

"Ve y busca ayuda hijo. ¡Hazlo por mí por favor!"

"Yo no sé de qué tú hablas."

"Tú necesitas ayuda profesional."

"Yo no necesito na'."

"La gente me ha dicho que te han visto por ahí en malos pasos."

"Vieja la gente siempre habla mierda."

"¿Estás seguro de que es la gente y nada más?"

"Seguro que sí, yo no estoy en nada malo."

"No quiero que me vengan a contar cosas malas de ti."

"Yo no estoy en na' malo."

La realidad que vivía aquel muchacho era obvia para su mamá después de todo ella lo había criado y conocía su carácter. Por eso se le rompía el alma al ver como poco a poco el cuerpo del muchacho se le iba disipando. Y no eran solo sus músculos los que se le iban perdiendo; pues al parecer también estaba perdiendo su vocabulario y manera expresiva de comunicarse. Se le estaba perdiendo la vergüenza y el mentir se convirtió para él cómo en un segundo idioma. De tantas cosas que le podrían haber pasado a aquella mujer, esta era la que le arruinaba sus noches de sueño. Pasados unos minutos y el profundo sentido de perdida que sentía no les daban cabida para que los brazos de Morfeo la abrazaran o dieran indicios de vencerse ante el sabor del tilo, manzanilla y el poquito de sal.

Sentada en la sala todavía luchaba con sus recuerdos cuando sintió una mano que le tocaba el hombro derecho, lo cual fue seguido por una pregunta de su esposo:

"¿Qué haces todavía despierta?"

"No puedo dormir."

"¿Y qué te pasa?"

"Es que no sé del niño."

"Ese debe de estar bien, por ahí en sus cosas."

"Eso es lo que me preocupa."

"Tienes que dejar de preocuparte, él no es un bebe."

"Yo sé, pero es que está enfermo."

"Lo que él tiene son pocas vergüenzas, eso no es una enfermedad."

"Yo sé que tú no lo ves así, pero así es, él está enfermo."

"Ese muchacho lo que está haciendo es abusar contigo."

"Yo soy su madre y lo que quiero es ayudarlo. No quiero que me le pase nada."

"Lo que es un hijo de puta que abusa de nosotros para irse a drogar mientras nosotros no podemos ni dormir por él."

"Algo tenemos que hacer para ayudarlo."

"Ya estoy cansado de decírselo y siempre me miente. ¡Yo ya no puedo más!"

"Hay que seguir tratando por su bienestar."

"Si seguimos así, tú te vas a enfermar o yo. Y nosotros tenemos más hijos y hasta nietos que no necesitan."

"Yo sé, pero los otros están bien y él es el que nos necesita más."

"Entonces, ¿Ignoramos a los que hacen lo correcto y nos preocupamos por él que no?"

"No es eso, es que los otros están bien y no nos necesitan tanto como éste. Tenemos que ayudar al que nos necesita."

"Yo me voy a acostar y pal' carajo con ese muchacho que no nos agradece nada."

El hombre se fue disgustado a la habitación a tratar de dormir. En realidad, la situación de su hijo le destrozaba el alma y él ya no sabía cómo darle la mano. En sus momentos de frustración decidió que era mejor ignorar el problema y no enfermarse tratando de enfrentar la realidad tal y como era. Se metió a la cama y debajo de sus sabanas, murmuró en silencios todas sus frustraciones para que su esposa no se diera cuenta de que a él también se le estaba acabando la vida en aquella pesadilla que era tener un hijo adicto a las drogas, y también de ver a su mujer gastándose las noches en desvelos continuos.

Mientras tanto en la sala la mujer se levantó del sofá y pegó su cabeza a la puerta de la habitación al oír como su esposo expresaba en una voz baja todo lo que lo molestaba. Esto le causaba tanta pena, pues ella sabía que aquel muchacho era como la luz de los ojos de su papá y también de la decepción con la que éste lidiaba día tras días. Un minuto más tarde la mujer fue a abrir una ventana para mirar hacia afuera y esperar a algún milagro que le traerá su hijo de vuelta a casa. Pasado un rato se sentó nuevamente frente a la taza de té y la tomó en sus manos para tomarse un poquito más de aquel remedio casero.

De momento alguien tocó su puerta, lo que envió un ataque nervioso al cuerpo de aquella mujer, mientras que ella dejaba caer la taza de té en el suelo. Ella miró a la puerta incrédula y al mismo tiempo con terror, pues había pasado la noche entera con aquel mal presentimiento. La puerta volvió a sonar y ella hizo esfuerzos para caminar hacia ella, y con su voz partida por los nervios preguntó:

"¿Quién es?"

"Vieja soy yo, ábrame la puerta."

La mujer abrió la puerta inmediatamente y sin darle tiempo a su hijo de dar un paso, lo abrazó mientras lloraba. No le importó que aquel muchacho estaba despeinado, sucio y lleno de mal olor. Tampoco que tenía un sus brazos las marcas de mil agujas como resultado de su adicción. Su hijo estaba con vida y en sus brazos, y eso era lo único que ella le pedía a Dios. Luego de aquel abrazo entraron a la casa y el muchacho confuso a su mamá antes de preguntar:

"¿Vieja que te pasa por qué lloras?

"Por nada mijo, es que estoy feliz de verte."

"Pero vieja yo estuve aquí hace dos días."

"Yo lo sé, pero es que tú sabes que tu papá y yo siempre nos preocupamos por ti."

"No se preocupen, yo estoy bien.

"¿Tú estás seguro? Por ahí andan diciendo que te están buscando."

"Eso es embuste, a mí nadie me está buscando."

"Mijo, eso es lo que dice la gente y sabes que me preocupa que te pase algo."

"A mí no me ve a pasal na'. Yo sé lo que hago."

"Mijo ¿Por qué no te vienes a vivir con nosotros?"

"Usted sabe cómo es el viejo y no quiero pegarme con él."

"Tu papá también se preocupa por ti."

"Yo no creo, además él no tiene de que preocuparse, pues yo no estoy haciendo na' malo."

"Ok. No vamos a pelear. ¿Tienes hambre?"

"Un poquito, ¿Qué hay de comel?"

"Lo que tú quieras."

"Pue hágame un pan con uno huevo si hay."

"Hay, déjame ir a hacerlos. Vete y báñate que andas sucio."

"¡Pero mamá!"

"Nada de peros, date un baño en lo que yo te hago algo de comer. Busca un poco de la ropa que dejaste en tu cuarto y póntela."

"Ok. Vieja. ¿Y el viejo está durmiendo?"

"Si, se acostó hace rato."

Adentro de la habitación el padre escuchaba la conversación de su esposa con su hijo mientras que experimentaba unas ansias de salir a abrazarlo y besarlo, pero se aguantaba. El orgullo de hombre no lo dejaba ceder una pulgada de honra más a aquel muchacho con tantos problemas. Se paró al lado de la puerta y esperó. Esperó a que su hijo se bañara y esperó para oír su voz un poco más. Aun así, no salió del cuarto por no dar su brazo a torcer.

Mientras tanto en la cocina, la madre emocionada porque al parecer Dios se había apiadado de ella, le daba gracias a porque su hijo estaba allí a salvo, aunque no estuviera sano. La mujer cocinó lo que su hijo la había pedido y un poquito más. Le hizo los huevos que pidió, le tostó el pan y le puso un poco de mantequilla. Le cocinó una tocineta y le hirvió café como ella sabía que a aquel muchacho le gustaba. La mujer estaba tranquila y ya sentía como la presencia de aquel muchacho le aliviaba sus preocupaciones de toda aquella noche. Y momentáneamente se fue a soñar.

Se vio en un futuro en el que su hijo se había rehabilitado de aquel mundo de las drogas. Lo miró casado y con hijos. También lo vio trabajando y ganándose el pan con el sudor de su frente y no como lo hacía en estos momentos robando en las casas del vecindario para satisfacer aquel vicio de andar volando con los pies en el suelo. Recordó cómo hasta ella misma en un momento dado, le ofreció dinero a aquel muchacho para que se comprara sus drogas sin robar, con la condición de que se drogara en su casa. Ella sabía que esto no estaba bien ni con ella misma, pero la seguridad de su hijo era más importante que su orgullo o el qué dirán de la gente. De estos pensamientos la despegó una voz.

"Vieja ya me bañé."

"Ok. Entonces siéntate a comer."

El muchacho se sentó a la mesa y sin guardar etiquetas de lo que es propio o no, se comió el pan, los huevos, la tocineta y se tomó el café como si no hubiese comido por más de tres días. Mientras comía su mamá lo observaba agradecida con Dios de que aún lo podía ver respirar. Y fue así como se arrepintió de haber juzgado a otras madres del barrio, las cuales habían experimentado situaciones similares y a las que ella había juzgado privadamente como malas madres. Al cabo de unos minutos el muchacho terminó de comer y se paró de la meza. Moviéndose de un lado a otro del comedor en un acto de inexplicable desesperación para todo aquel que nunca ha sido adicto a alguna sustancia. Su mamá lo abordó:

"¿Qué te pasa?"

"Na', vieja na', estoy bien."

"Quédate en tu cuarto esta noche para que duermas bien y te vas mañana."

"No puedo mami, no puedo."

"Tú si puedes. ¡Por favor hazlo por mí!"

"Yo por uste hago cualquier cosa vieja, pero hoy no puedo."

"Pero ¿por qué no?"

"Es que no puedo, necesito hacer algo."

"¿Qué tienes que hacer tú que no pueda esperar hasta mañana?"

"Algo vieja, algo."

"¡Por favor mijo quédate esta noche y nada más!"

"Hoy no puedo mami. Yo vengo mañana te lo juro."

"¡Bendito mijo, por favor!"

Finalmente, el muchacho desesperado abrió la puerta del frente mientras que plantaba un beso en la frente de su madre. Luego salió de la casa para desaparecerse en la oscuridad de aquella noche serena. La mujer apoyada en el margen de la puerta volvió a pedirle a Dios que le regresara su hijo nuevamente. En la habitación su esposo, oraba en silencio por lo mismo. Aquellos dos seres encerrados en sus propios infiernos de preocupación y decepción. Los dos sufriendo en su propias maneras la lenta devastación que el abuso de las drogas tiene en el adicto y en sus familias.

La mujer cerró la puerta de su casa mientras que nuevamente aquel sentido de preocupación regresó a molestarla. Se fue a la cocina y otra vez iba a intentar matar a aquellos insomnios con una mezcla de manzanilla, tilo y un poquito de la sal de sus lágrimas. Otra vez su esposo salió de su cuarto visiblemente afectado a pedirle que se acostara. Éste le dio un abrazo y trató de calmarla musitando palabras bonitas a su oído. Ella envuelta en el calor de aquel abrazo y con aquel terrible presentimiento volvía a recordar cómo fue que aquel muchacho entró a aquel mundo tan peligroso, y la rabia que le cruzaba por todo su ser al recordar aquel momento en la oficina del doctor luego de un accidente inesperado en el que el muchacho se había lastimado su espalda.

"Te voy a recetar estas pastillas para el dolor."

"¿Y cuantas me tengo que tomar?"

"Una cada ocho horas."

"¿Y hasta cuando me las tengo que tomar?"

"Hasta que te sientas mejor, despúes veremos."

Fue de esta manera que el muchacho comenzó a usar aquellos calmantes para aliviar sus dolores. Poco a poco se fue acostumbrando a el sentir que estos le ocasionaban y después de estarlos usando por unos meses no se acostumbró a vivir sin estos. El doctor descontinuó el uso de aquellos medicamentos y esto abrió las puertas al abuso de sustancias con las que el muchacho habría de continuar el camino a la destrucción de sus sueños en la vida. Comenzó por comprar pastillas en la calle y cuando estas dejaron de tener efectos, comenzó a usar cocaína y luego llegó lo de inyectarse.

Luego de esto comenzaron los contactos intermitentes con la ley. Lo arrestaron varias veces por robar en colmados y otros pequeños comercios. A esto le siguieron los robos en el vecindario que lo había visto crecer. Muchos de los vecinos trataron de aconsejarlo y ayudarlo aun después de que él les había robado; terminaron por golpearlo al encontrarlo tratando de robarles nuevamente. Su adicción era insaciable y le robó a su familia, a su papá un reloj de marca. A su mamá el anillo de bodas. Y a sus hermanos les robó varias cosas de valor. Todos se cansaron de que el muchacho no escuchara y todos abandonaron el esfuerzo de ayudarlo; todos menos su madre.

En el presente el muchacho era solo un fantasma de lo que fue antes de aquel accidente. Y ese era el fantasma que por las noches atacaba a su madre en aquel eterno estado de espera; pues estaba esperando a que Dios le concediera un milagro. Estaba esperando un cambio y también estaba esperando una tragedia; la cual ella había estado tratando de evitar ya hacia un tiempo. En el presente el muchacho era víctima de un accidente y la mala práctica de un médico y su padre era víctima de la realidad y sus orgullos. Ya pasada la medianoche; todavía sentada en aquella sala con su taza de té en la mano, la mujer era otra víctima de la tragedia de aquel muchacho, pues llevaba años sufriendo de insomnios maternales. De esos insomnios de los que ninguna madre se puede escapar cuando un hijo la necesita, aunque lo traten de evitar con un té de tilo y manzanilla; mesclado con lágrimas de dolor y un poquito de esperanza...

Compadres

E L SOL ARDÍA EN el techo zinc de la casa de madera, mientras que el viento traía brisas calientes que la abrazaban por todos lados. Aquel mediodía caluroso en el eterno verano puertorriqueño no era nada nuevo; pues todo el que vivía en esta isla ya estaba acostumbrado a semejantes temperaturas. Adentro de la casa y todavía debajo del escudo de su mosquitero el hombre semi dormía los sueños de alcohol de la noche anterior. El calor debajo de aquel techo de zinc era insoportable y él sudaba profusamente en su catre tratando de quedarse acostado unos minutos más. La confusión de la noche anterior todavía envolvía su mente, mientras que pensaba si la memoria que se seguía repitiendo en su mente era el resultado de una experiencia o una imaginación que los humos del alcohol habían insertado en su mente. Agobiado por aquella memoria insistente se sentó al borde de la cama mientras se tapaba los ojos con ambas manos. Se encontraba semi desnudo, en sus calzoncillos nada más; y todavía no podía ponerle el centro a su mirada mientras que su cabeza daba vueltas sin cesar.

"¡Carajo! Parece que se me pasó la mano anoche en la barra. ¿Sería que yo realmente hice eso? ¿Y por qué? No puede ser, yo he estado borracho muchas veces, pero nunca a esos extremos." -se dijo a sí mismo.

Finalmente, se levantó de su catre y se arrecostó[1] de la pared para no caerse. Todavía a aquella hora el alcohol corría por su sangre, algo inexplicable

---

1. Arrecostó: recostó.

para un borracho de profesión como él. Luego de balancearse se dobló y al borde de la cama encontró la punchera[2] que usaba de baño de emergencias durante la noche. Se dio cuenta de que su puntería la noche anterior no había sido tan certera como él pensaba. Los orines corrían hacia abajo de la cama y se vería obligado a limpiarlos antes de que la humedad y el calor en su aposento los transformaran en humos de pestes insoportables. Nuevamente, y con algún esfuerzo se levantó y se dirigió hacia la cocina adonde tenía un cubo de agua y un trapo sucio que servía de mapo improvisado. Al llegar a la cocina se encontró con su compadre del alma. Estaba allí sentado con los ojos cerrados casi inmóvil. Se detuvo por unos momentos luciendo confundido para luego caminar hasta la mesa a despertar a su compadre.

"Compadre despierte."-dijo mientras ponía su mano en el hombro del otro.

"¡Ay coño! Que susto me dio compadre."

"¿Usted no se fue pa' su casa anoche?"

"Creo que sí; o no a la verdad que no me acuerdo."

"Pues yo como que lo vi irse a su casa anoche."

"Eso creía yo."

"Entonces que hace aquí a esta hora; y más importante ¿cómo entró?"

"Yo necesitaba hablar con usted compadre y antes de irme creo que tenemos que hablar."

"¿Y eso no puede esperar, más tardecito?"

"Creo que no, la verdad no estoy seguro."

"Compadre dígame una cosa, ¿Que pasó anoche que yo no me acuerdo?"

"Yo no sé creo que algo pasó, pero se me escapa de la mente."

"¿Nosotros tuvimos una discusión fuerte?"

---

2. Palangana: Un recipiente de plástico, usado para el aseo personal o para lavar ropa.

"No me acuerdo compadre, solo sé que no sé cómo llegue aquí, pero me urge hablar con usted."

"Es que yo me acuerdo de que nos peleamos y no sé ¿Por qué?"

"¿De qué se acuerda?"

Fue así como el hombre comenzó a hacer el relato de aquella memoria que llevaba la mañana entera molestándolo.

"Compadre estábamos en la barra de Don Tomás y como siempre estábamos relajando y echándonos unos tragos de Palo Blanco[3]. Usted estaba contento, yo estaba contento y nos fuimos a echarnos una manito de dóminos en la mesa, Nos ganamos a Miguel y a Cheo primero. Usted dio un capí cu y ellos se molestaron y empezaron a pelear por no pagar la ronda. Pues seguimos jugando y le ganamos a medio mundo. Tomamos toa la noche de gratis a la verdad que nunca nos había ido tan bien.

"¿Entonces por qué nos pusimos a discutir?"

"Eso es de lo que no me acuerdo."

La verdad era que él se acordaba, pero aun la confusión de la noche y de esta tarde no lo dejaban librarse de las dudas que tenía en el alma. Si iba a decir la verdad tendría que encontrar una forma de comunicárselo a su compadre de una manera que no disminuyera la relación de los dos, la cual sostenían desde que eran dos niños pobres corriendo por los matorrales del barrio. No hallaba como comenzar la conversación por lo que buscó un escape ofreciéndole un café a su compadre.

"¿Compadre, Quiere un trago de café puya?"

"Si deme uno de puya porque esta borrachera me tiene confundió."

"¿Y algo de comer?"

"No, no tengo hambre ahora mismo."

"Yo me voy a hacer un huevo hervido pa' matar un poco el hambre."

---

3. Palo Blanco: Ron local de Puerto Rico.

"Dale, dale que yo te espero."

El hombre caminó hasta la estufa de dos hornillas que tenía en una esquina de su pequeña cocina. Encendió una de estas, buscó una olla vieja que tenía y la entró en el cubo de agua para llenarla hasta la mitad. Luego puso dos huevos en esta y la sitúo en el tope de la estufa. Aun mirando a su compadre del alma sentado en la mesita, repasaba en su cabeza los sucesos que recordaba o no de la noche anterior con un profundo dolor psicológico que no podía explicar. Su memoria todavía nublada por el alcohol le repasaba aquel suceso que no tenía sentido.

La noche anterior los dos se habían ido a la barra como era su costumbre, y allí habían jugado dóminos y tomado de gratis casi toda la noche después de una racha de victorias inexplicables. En algún momento durante la noche se hicieron comentarios inadecuados de las personas que vivían en el barrio, de los políticos que gobernaban el país y hasta de los curas de la iglesia católica. Todo el que vivía en aquel barrio sabía que en la barra todo era válido y el enojarse por algún comentario era la más sincera muestra de debilidad que se podía mostrar. Durante la noche hubo algunas discusiones en la mesa de domino y también en la mesa de billar mientras que algún borracho estaba quejándose de lo perra que era la vida, y algunas mujeres bailaban escuchando música de la vitrola. Hasta unos viejitos de la rutina estaban allí mascando tabaco. Aun así, ninguna discusión causó que alguna persona se saliera de sus cabales por lo que se podía decir que no pasó nada fuera de lo normal.

Sentado en la mesa de domino jugaba en equipo con su compadre. Los dos tenían un sistema de comunicarse sus diferentes fichas y eran tan discretos que a través de los años nadie se había dado cuenta de cómo era que los dos parecían adivinar las fichas que tenían en su posesión. Luego de haber ganado tanto como para emborráchese de gratis. Los dos se despidieron de la mesa de domino, se pararon al lado de la vellonera[4] y comenzaron a ponerle dinero para pedir canciones que los hacían recordar una que otra cosa. La conversación comenzó como suele suceder con dos personas en estado de embriaguez:

---

4. Vellonera: Vitrola, reproductor de discos comercial el cual funciona a través de un sistema de monedas.

"Caramba esta canción me recuerda a mi novia de aquellos tiempos."- dijo el compadre

"¿A cuál de todas?"

"Una de las que más yo he querido."

"Y con tantas mujeres que usted ha tenido."

"Si, pero algunas son especiales."

"Una mujer especial para usted, no me joda compadre si usted lo que quiere es nalgas y nada más."

"No siempre, no siempre."

"¿Y cómo se llamaba esa?"

"Le digo luego compadre, le digo luego."

Continuaron los borrachos escuchando música y también tomando como era su costumbre. Desde jóvenes los dos trabajaban para la misma compañía y era así como compartían sus horarios de trabajo, así como también sus horarios en la barra. Eran hombres típicos de aquel barrio. Un lugar pobre adonde se podía observar la lucha diaria en contra de la desesperación económica, mientras que las pancartas politiqueras ofrecían lindos futuros si elegían a la persona en el retrato. La iglesia a su vez ofrecía salvación y mejor vida después de del irónico requisito de tener que morirse primero. Era así como la oferta de alivios más verdadera para la gente de este barrio era el alcohol. Al camarero no le importaba si eras de la palma[5] o de la pava[6] o si eras católico, pentecostal, bautista o no creyente. Allí la única religión era el dinero y al camarero solo le importaba si tenías un poco de este. Y aquellos dos amigos siempre tenían un poco de dinero para ahogar sus miserias con el licor.

Pasaron varios minutos y ya totalmente embriagados cantaban las canciones que la vellonera cantaba y se tambaleaban tratando de bailar con las piernas derretidas. Y como se habían ganado varios tragos en la mesa

---

5. De la pava: Afiliado al Partido Nuevo Progresista de Puerto Rico.

6. De la pave: Afiliado al Partido Popular Democrático de Puerto Rico.

de domino, todavía les quedaba dinero para seguir tomando aun cuando sus cuerpos estaban totalmente inhibidos por todo el alcohol que habían consumido. El camarero los observaba en frente a la vellonera haciendo el ridículo y ya sabía que estos dos cuando estaban así de borrachos se ponían imprudentes. Fue por esa razón por lo que calmadamente les pidió que se fueran a sus respectivas casas y de volvieran el próximo día.

Era así como lo recordaba ahora el hombre en su casa mientras hervía huevos y un poco de café para su compadre y para él. El agua hervía en la olla, así como aquella duda hervía en su mente. No pudo esperar más y se regresó a la mesa adonde su compadre lo esperaba semi dormido. Nuevamente, tocó a su amigo en el hombro y este se levantó otra vez enfuscado. Se sentó en el lado opuesto a su amigo y comenzó a hablar:

"¿Compadre, usted se acuerda de que pasó anoche?

"Yo no sé, como que sí y como que no."

"¿Cómo que si o que no? Es si o es no."

"Yo no me acuerdo de mucho."

"¿Y de qué se acuerda?"

"Me acuerdo de que estábamos jugando domino y billar."

"¿Y?"

"Que tomamos un montón de gratis."

"¿Y qué más?"

"No sé, pero eso no es importante. Lo importante es lo que le tengo que decir."

"¿Que tiene que decirme?"

"Compadre usted sabe que usted es como mi hermano y que no sé por qué creo que yo le hice un daño y quisiera que antes de que yo me vaya que me perdone y quiero que sepa que yo lo amo como se ama a un hermano del alma."

Al oír estas palabras él se sorprendió porque su amigo no era y nunca fue hombre de disculparse por nada y mucho menos de expresar sentimientos a nadie. Si algo el sabia de este era que nunca se había casado por esa exacta razón de no saber expresar sus sentimientos, y aunque mujeres no le faltaban todavía estaba solo a los cuarenta y cinco años. Entonces preguntó:

"¿Compadre usted se siente bien?"

"Mejor de lo que me he sentido en años."

"¿Y a qué se viene esta confesión?"

"No lo sé, no estoy seguro. Aun así, tengo algo que pedirle antes de irme."

"¿Y pa' donde carajo va usted?"

"No lo sé, no estoy seguro."

"Compadre., ¿Usted me está cogiendo de pendejo o algo le pasa y no me lo quiere decir?"

"Es que tengo algo que pedirle."

"¿Y qué es lo que usted me va a pedir?"

"Compadre yo quiero que usted deje de tomar."

Al oír esto él comenzó a reírse sin control, pues ahora si estaba seguro de que su amigo se estaba burlando de él. Y al mirar a su amigo notó que este lucia serio y sin emoción. No se reía, lo que hizo que parara de reír...

"¿Usted está hablando en serio?"

"Si eso es lo que quiero pedirle."

"Pero compadre usted y yo sabemos que eso es lo único que los dos sabemos hacer."

"Aun así, tú necesitas un cambio."

"¿Yo y usted no?"

"No lo sé, no estoy seguro."

"O sea que yo no puedo tomar y usted sí."

"No realmente. Solo sé que deberías de dejar de tomar y tratar de vivir una vida mejor."

"Y de eso es lo único que usted se acuerda de ayer?"

"No me acuerdo de nada. ¿Y de qué me tengo que acordar?"

"De nada compadre, de nada."

Los huevos comenzaron a sonar adentro de la olla mientras hervían y al oír esto él encontró la excusa para dejar a su amigo otra vez solo en la mesa e ir a reconsiderar si era prudente acordarle a su amigo como fue que había terminado la noche anterior. Según dudosamente recordaba los dos había abandonado la barra abrazados uno del otro. No por cariño sino por la necesidad de balancearse el uno con el otro. Caminaban tambaleándose y cantaban canciones que habían escuchado en la vellonera. Una vez más comenzaron a hablar de mujeres y de la suerte de cada uno de ellos.

"Compadre dígame y ¿quién es esa mujer que usted dice le rompió el corazón?"

"Una de las tantas."

"¿Y esa tiene nombré?"

"Si, pero eso no importa."

"¿A ver compadre, de quién carajo estamos hablando?"

"Eso no importa."

"¿Y tan secreto es que no me puede decir?"

"Es que a usted no le vea a gustar."

"¿No me diga que es una de mis hermanas?"

"No, no compadre usted sabe que yo ahí respeto."

"¿Entonces?"

"Prometa que no se va a molestar y se lo digo."

"Ok."

"¿Lo promete?"

"Si."

"Ok, pues la que me rompió el corazón fue Francisca."

"¿Francisca la hija de Don Lolo?

"Si esa misma."

"Compadre usted es un hijo de puta de verdad. Usted sabía que esa era la mujer que a mí me gustaba y con to' y con eso, no le importó."

"Yo sé, pero a ella usted no le gustaba."

"Pero no sea cabrón usted sabe que yo estaba tratando."

"Perdóneme compadre es que la vida es así."

El hombre guardó silencio, en los humos de la borrachera su mente no dejaba de pensar en su amigo como antes. Desde aquel momento era un traidor que no respetaba ni a su propia madre. Fue así como comenzó a llenarse de rabia y analizar cuantas veces en aquella larga relación su amigo le había fallado. No se dio un momento para analizar lo que su amigo había dicho acerca de aquella mujer de sus sueños. En el fondo él sabía que era verdad que ella nunca lo hubiese mirado como a su compañero, ni tan siquiera como amigo. Esta realización lastimaba su orgullo borracho, pues él era a pesar de todo un hombre bueno y decente. Paró de caminar de repente y confrontó todos sus falsos orgullos y aquel odio momentáneo con su compadre.

"Tú es un cabrón, hijo e puta que no vale na'."

"Compadre, que pasó ¿por qué se pone así?"

"Tú sabias lo que yo quería esa mujer, tú sabias, desgraciado, hijo e puta."

"Calmase compadre que usted está más borracho de la cuenta."

"Yo lo que estoy es encojonao..."

De repente le lanzó un puñetazo a su compadre y al este esquivarlo, los dos fueron a caer al suelo, pues ninguno se podía mantener parado sin hacer esfuerzos. Ya en el suelo se dio vuelta en busca de su amigo y trató de golpearlo allí, pero con tanto alcohol en el cuerpo cada golpe que lanzaba parecía viajar en cámara lenta y no tenían ningún efecto. Los dos estaban haciendo el ridículo en el medio del camino, uno lanzando golpes y el otro tratando de esquivarlos. Luego de unos minutos, él ya había descargado su rabia, se levantó del suelo mientras que su amigo hacia lo mismo. Lo miró de frente y le gritó:

"No quiero saber más de usted."

"Pero compadre."

Nuevamente la rabia lo llenó de odio y de repente empujó a su amigo, se dio la media vuelta y siguió tambaleándose hasta su casa. Llegó, se desvistió y se acostó a dormir. Ya en aquella mañana, los sucesos de la noche anterior se le mezclaban entre la realidad y la imaginación y no podía acertar sin dudas a cuál de estas dos pertenecían aquellas memorias mientras que su compadre lo esperaba en la mesa. Terminó decidiendo que, si su amigo no recordaba el incidente y él no estaba seguro, era mejor callar y vivir con la duda.

Listo para llevar el café a la mesa y libre por la falta de memoria de su amigo, se encontró tranquilo consigo mismo y contento de no haber arruinado su relación con su compadre. De momento alguien tocó la puerta de la casa, la cual se encontraba al lado de la cocina y era la única manera de entrar o salir de aquel su humilde hogar. Puso las tazas de café de nuevo en la meseta al lado de la estufa y abrió la puerta para encontrase allí a su hermano mayor, el cual lucia angustiado y triste. El hombre procedió a preguntar:

"¿Qué te pasa? ¿Por qué esa cara?

"¿Tú no te has enterao de lo que pasó anoche?

"Anoche, no ¿Y qué paso?"

"Compadre Torán se cayó por el barranco al lado de camino y se mató."

"¿Que carajo tú estás diciendo? Si el compadre está en mi sala esperando un café que me pidió."

"¿Tú estás loco o borracho? Torán está muerto en el barranco y lo están sacando ahora mismo."

"El que está loco eres tú, y no relaje con mierdas así, que eso no se hace."

"Mira después de que se te quite la borrachera, te vas a arrepentir."

"No seas pendejo, entra y ve a ver a mi compadre que está sentado en mi mesa."

El hermano y él se dirigieron a la mesa adonde no había nadie sentado. Él se notó sorprendido, pues él sabía que su puerta no había abierto y si hubiese sido así, él lo habría visto pasar. El hermano se fue visiblemente enojado mientras que él se dirigió a su habitación para mirar si su compadre se había metido allí. No lo divisó en el momento y hasta se atrevió a pensar que su compadre estaba debajo del catre acostado entre el polvo y los orines que se habían regado en la mañana, pero allí no había nadie.

Finalmente, se llenó de dudas y de un miedo que estremeció su alma. Se dirigió a la cocina y allí todavía estaban las dos tazas de café disipando su calor y su aroma. Se sentó nuevamente en la mesita adonde había sostenido aquella extraña conversación con el fantasma de su amigo. Y fue tanta la conmoción que comenzó a llorar a gritos, pues entre sus pensamientos, la sorpresa y la duda de lo que había pasado la noche anterior y en aquella tarde no le proveían una oportunidad de calmas, porque la última memoria de aquel trágico día estaba grabada entre la realidad del momento y el alcohol de la noche. Y en esa memoria su compadre continuaba cayendo después de un empujón. Así fue como las sobras de la muerte y la duda venían a acompañar aquel hombre por el resto de su vida mientras continuaba pensando si era su compadre quien debió haberse disculpado por haberle robado un amor que no era suyo; o si era él quien por su alcoholismo y sus falsos orgullos le había quitado a su mejor amigo su recurso más valioso: su vida. Y nada podía hacer para explicar si fue el alcohol o la conciencia lo que lo visitó aquel fatídico día en el que perdió a su compadre y junto con el todos los intereses de vivir su vida emborrachando su triste y pobre realidad.

Mi Vida

EN AQUELLA MAÑANA DESPERTÉ, abrí mis ojos y miré todo lo nuevo a mí alrededor. No sentí ninguna preocupación y me eché a correr por el mundo con todas las energías de mi vida. Tuve algunos tropiezos mañaneros mientras el sol brillaba alumbrando mi camino. Mis padres detuvieron mis ansias de moverme con rapidez y me señalaron tu figura en el horizonte, advirtiéndome sobre ti y aconsejándome caminos que no llegaran a tu presencia antes de tiempo. Por razones de ignorancia no sentí en mí el miedo que mis padres aseguraban debería de tener; y así sin precauciones continué el camino escogido en mis juegos de azar. Durante esa mañana me encontré más cerca de ti de lo debido por desobedecer la sabiduría de mis padres; pues la combinación de mi energía y mi inexperiencia no cedían lugar a la precaución y el miedo. De todas maneras, vi a más de un amigo conocerte en aquella mañana sin querer, y algunas veces sin poder evitarte.

Al mediodía la rebeldía, el camino y sus atajos me llevaron lejos de la casa de mis padres. Ya pasada mí mañana tenía un mejor entendimiento de ti y de las razones para evitar nuestro encuentro. Tú no eras del agrado de ninguna persona y todos solían tratar de evitarte, aunque estuvieras cerca de sus horizontes. Aun así, me sentí invencible e insuperable en mi mundo en el que todo lo que sucedía a mí alrededor; no me importaba si no tenía nada que ver conmigo. Otra vez mis padres intervinieron dejándome saber que otras personas también tenían importancia y me aconsejaron prestar atención a ellos antes de que llegara mi tarde y a lo mejor estos ya no estuvieran conmigo. Comoquiera el sol brillaba alto en mis cielos y con la energía desbordándose de mi cuerpo continué envolviéndome en juegos más complicados en los que mis ideales se mezclaban con mis realidades; creando en mí las concepciones que guiarían mis pasos. Persevere en caminar hacia mi horizonte adonde tarde o temprano tendría que encontrarme contigo. De esa manera gaste muchas energías en alguna que otra causa perdida, pero no me importaba, pues mi invencibilidad y vigor eran renovables y estarían conmigo siempre.

El sol de la tarde le trajo dolores a mi cuerpo; para hacerme entender que el vigor y la energía que sentí temprano en el día eran solo pasajeros. Comencé a sentir el cansancio por todos juegos de azar. Decidí sentarme y analizar por qué me sentía así. Mis padres con sus cansancios lucidos en sus rostros todavía insistían en aconsejarme y me sentí muy dichoso, pues muchos de mis amigos ya tenían a sus padres durmiendo y no podrían levantarlos en busca de consejos. Las sombras de la tarde trajeron fríos, algún resfriado y un poco de incomodidad a mis huesos. En el horizonte el sol ya descendía dejándome ver tu figura más clara que antes, y en mi pecho crecía un presentimiento de inevitabilidad que consumía mi tiempo y mi ser. Mis fuerzas ya no eran como de temprano y me resigne a la idea de conocerte. Mi andar se volvió lento y erróneo por lo que tropecé más a menudo si querer, ya que las luces de mí mañana y mi mediodía habían desaparecido entre las sombras de la tarde.

Finalmente, llegó mi noche y me trajo el calor de la reflexión. En aquel momento pensé más en ti y de qué manera te conocería finalmente. No tuve miedo, pues tenía todo un día preparándome para verte el rostro. Mis padres ya dormidos no podrían aconsejarme más. Postrado en mi cama pensé en el camino y el viaje que me trajo hacia a ti. Mis triunfos y también fracasos. Las cicatrices de todos los tropiezos sufridos y las alegrías de todos los buenos momentos vividos. Observe a niños gastando las energías de sus mañanas de la misma manera en que yo había gastado las mías, reflexione. La obscuridad de mi noche se sentía serena y yo descansaba sabiendo que al dormirme no tendría que correr más. Y de esa manera se juntó mi horizonte al tuyo. Tuve el valor de mirarte la cara y al verte de frente comprendí que finalmente tu abrazo llegaría a mi cuerpo cansado para darle definición a lo que otros llamaran mi vida...

Pensamientos

Estoy eternamente agradecido de mi papá Felix Adorno y de mi abuela Antonia Ramos.

A Orillas del Mar

A ORILLAS DEL MAR me senté a mirar el horizonte buscando un punto fijo en donde concentrar mi pensar y solo observé la soledad. No encontré alguna señal de que es lo que debo de hacer ahora. La arena debajo de mi cuerpo se sentía húmeda y sin firmeza. Esa que necesitas para dar pasos fijos hacia adelante sin la posibilidad de resbalar y caer al suelo vencido. Miré hacia abajo y vi otra gota de agua salada caer de mis ojos a añadir un poco más de sal a aquel interminable arenal, tan interminable como tu ausencia en mi vida. La inmensidad del océano me distrajo un poco. Su grandeza me hizo sentir insignificante en mi sufrimiento. Irónico esa misma inmensidad me hacía sentir llena de vida y muchas esperanzas para el futuro en el pasado; cuando nuestra historia comenzaba; ahora me causaba dudas en el camino solitario que debo de continuar sin ti. Las olas iban y venían en su eterna indecisión de que si llegar o volver. Algunas chocaban con las rocas y dejaban allí escapar su último suspiro de vida, recordándome que algún día todo llega al final del camino. Finalmente, recosté mi cabeza en las arenas y debajo de mi pelo, se sentían un poco más secas, un poco más firme. Nuevamente sentí que tu recuerdo me atacaba de momento y dejé escapar mis lagrimas llenas del dolor de haberte perdido. Y las sentí bajar por mis mejillas rumbo al suelo adonde igual que tú se perderán para siempre entre las arenas del tiempo.

El Vacío de tu Presencia

POR MI PAPá

UNA MAÑANA DESPERTÉ, CUAL común de todas las mañanas anteriores de mi vida. Nada grandioso en particular definía aquel momento de mi existencia; aun así, una entrañable sensación invadía mi cuerpo entero llenándome de un vacío el cual no podría llenar con ningún alimento terrenal o espiritual. Esta rara sensación de vacíes completa me llevó al frente de un espejo para mirar y cerciorarme de que me encontraba bien físicamente. Al levantar el rostro y mirar directamente a la reflexión que me miraba; pude comprobar que lo que me agobiaba era el vacío de tu presencia en mí, y en todo lo que componía la suma de las partes de quien era esta persona que me miraba en mi reflejo.

Me llene de emoción, orgullo y satisfacción al pensar que mis pensamientos, mis nociones de lo que es correcto o incorrecto son la directa relación de lo que a través de los años me enseñaste tú; sin decir muchas palabras. Tus ejemplos fueron mis mejores maestros. Sin nunca haber leído un libro acerca de como ser un buen hombre, un buen ser humano o un buen padre; fuiste eso y más para mí y también para otros seres humanos con los que compartiste tu más preciado recurso: tu tiempo. Nunca te sentaste a decirme cómo se comporta una persona honrada, trabajadora y decente, eso lo demostraste con tus acciones. Sin sermones sonoros que a veces buscan enseñarle a alguien con palabras vacías de acción lo que las acciones reales demuestran, me enseñaste a vivir decentemente. En el constante movimiento de nuestras vidas nunca hubo un momento de resignación ante lo difícil, sino una resolución de constante lucha y de nunca abandonar la batalla constante que es el diario vivir. Esa batalla que para ti fue más difícil que para mí, pues tú te aseguraste de que mi realidad no repitiera la historia que dio inicio a los arduos caminos de tu vida.

Me invadió la nostalgia, la tristeza y la desolación al volver a realizar que tu presencia física en mi vida ya había desaparecido en una noche pasajera en la que vino la muerte a definir el camino de tu vida. Era tanto el dolor que me causaba el vacío de tu presencia que no podía yo definir *¿por qué?* Porque negar que la vida es así, que perdemos en un momento lo que hemos tenido toda una vida. Que no regresamos pasados al presente, ni presentimos futuros inciertos para todos. Esa nostalgia me hizo mirar al espejo para confirmar que el calor que bajaba por mis mejillas era de las lágrimas con las que mis ojos dejaban escapar el dolor en mi alma ante la realización de no poder escucharte una vez más. Es así como la tristeza a veces nubla en nuestras almas las cosas que son importantes y las únicas que se pueden llevar por siempre. El buen ejemplo, el cariño y el calor humano que separa lo esencial de lo común. La desolación se convierte en una carga de la que solamente te deshaces si has tenido quien te prepare para vencerla y enviarla al olvido a donde pertenece. Alguien asi como lo tuve yo contigo.

Finalmente, al despedirme de mi propia reflexión llegó la dulce realización: El vacío de tu presencia no era una razón para estar triste, desolado o en nostalgias. Ese vacío estaba ahí para ayudarme a vivir. Para recordarme que en momentos en los que la vida se pone difícil, rendirme no es una opción real. Está ahí para guiar la forma en la que le presento a otros la persona que me enseñaste a ser y de la forma que quisiera que mis hijos y los hijos de mis hijos se presentaran a otros en el futuro. Esa vacíes está ahí para demostrarme que algunas cosas que perdemos en la vida no tienen remplazo alguno. El vacío de tu presencia está ahí, pues desde aquel momento en que te fuiste físicamente de mi vida lo dejaste en mi como una última lección a mi ser: aprecia lo que tienes, disfruta de tu tiempo y pasa hacia adelante las oportunidades que se te ofrecieron a ti. Una última vez miro mi reflexión antes de despedirme de esta. Es ese momento en que realizó que la tristeza y las lágrimas le han dado paso al alivio, a la triste alegría que se siente al recordar lo que has perdido con el amor y el cariño que se debe, aun cuando hay dolor. Fue esa triste alegría que me hizo darme cuenta que el vacío que llevo sintiendo desde tu partida sigue ahí porque gran parte de ti siempre estará presente en mí por el resto de mi vida.

¿Quién Vendrá por Mí?

En algunos momentos de mi vida me he encontrado perdido en pensamientos caprichosos, locos o fantasiosos más de una vez. Me consumen momentos en el que pienso en el día en que mi vida pase a ser una historia que otros se cuenten acerca de mí. Ese día en que mi cuerpo cansado y mi espíritu se desprendan uno del otro. Es ahí cuando me permito imaginarme como se hace esa transición al otro lado del tiempo. ¿Será que se hace una fila de espíritus buscando destinos separados e inciertos o será en un cerrar y abrir de ojos? ¿Podría ser que las almas se dispersen en las arenas del tiempo sin ninguna concepción de este? ¿Puede ser posible que algún mensajero especial vendría a buscarnos para transportarnos al lugar de nuestro descanso eterno? Es en esos momentos en los cuales también me pregunto: ¿Quién vendrá por mí?

¿Llegara mi abuelo con su habitual vestir de pantalones largos cortados más arriba del tobillo y amarrados con una tira, con alguna guayabera descolorida y aun masticando su tabaco de hoja? ¿Se presentará a buscarme para que con su profunda mirada calme mis ansias al saber que ya no estaré más con mi familia y mis amigos? ¿Será él mi guía al más allá? Trayéndome el descanso final con su esencia de paz y dignidad adquirida a través de los 95 años en los que caminó por este mundo ¿Me dará consejos como lo hizo antes? Para ayudarme a descansar en paz, así como lo hizo para ayudarme a vivir en paz ¿Me mandara a buscar algún mandado al colmado? Para que en el camino a hacerle uno de los tantos favores que me pidió en vida yo pueda analizar el proceso que comienza con la muerte.

¿O será mi abuela la que me traerá el aviso del momento? ¿Todavía vestida con su traje de flores y un pañuelo en la cabeza aun exhibiendo es su rostro los anteojos que solía usar? Para así en el camino que conduce desde la vida a la muerte podamos conversar acerca de su vida y de los misterios a los que nunca tuve respuesta por haberla perdido a tan temprana edad. ¿Me contestara mis preguntas de quién, cómo, cuando, donde y por qué? Acerca de los sucesos que ocurrieron en su vida mucho antes de que comenzara la mía. ¿Librara de dudas mi alma durante esta transición a la que todos llegaremos algún día? O me llevará a su casa eterna adonde de seguro habrá un fogón cocinando comidas deliciosas como solamente ella sabía hacer. Y así al son de arroz con gandules, pasteles y arroz con dulce le traerá relajamientos a mi alma un poco después de haber abandonado mi cuerpo. ¿Será el sabor a humo de la comida cocinada al fogón como un analgésico que calme los nervios en un alma sin cuerpo?

¿Vendrá por mi aquel amigo? Aquel que perdí a muy temprana edad. Vendrá conduciendo su motocicleta demostrando la terquedad y el abandono con el que vivió su vida. Me dirá éste de lo dichoso que he sido, pues mi vida no fue cortada antes de tiempo como la de él; y pude ver crecer a mis hijos enseñándole a sus hijos lo que yo les enseñé a ellos. Y también pude ver a mi piel envejecer a la misma vez que mi mirada se volvió profunda con los años y las experiencias vividas. ¿Me señalaría a una nueva generación cargando el legado de lo que yo enseñé? ¿O me invitaría este amigo a ir de pesca nuevamente? Y durante el transcurso de esta incursión hablaríamos de las inquietudes de la inexperiencia en la que nos encontramos nuevamente, así como en el pasado habíamos discutido expectativas de vida, sueños de jóvenes y los futuros inciertos, cuando aún comenzaban nuestras vidas en el pasado, cuando todavía los dos disfrutábamos de la misma.

Finalmente pienso; ¿Vendrán mis padres por mí? Mi papá a darme ejemplos de cómo morir con dignidad. ¿Mi mamá a volver a guiar mis primeros pasos en cada faceta de mi muerte, así como lo hizo con las de mi vida? ¿Me enseñara mi papá nuevamente el valor de mis acciones y la importancia de hacer las cosas correctamente? ¿Me hablara mi mamá del respeto y la honradez? ¿Me enseñaran mis padres a ser lo que soy; pues ya me enseñaron a ser lo que fui? Y tantas veces me pregunto: ¿Quién Vendrá por mí?

Y me empeño en que si pudiera escoger a ese mensajero; en este momento escogería a mi papá, pues desde el día en que se fue; el vacío que dejo en mi vida se me ha hecho imposible de llenar. Y hoy sé que vivo de la forma que él me lo demostró y que gran parte de mi es lo que él fue. Y sé que, si en ese día él viene por mí, me bastara solo con su presencia para calmar mis ansias al momento de morir. Serán suficiente los recuerdos de los ejemplos que me dio de perseverar y luchar sin rendirme para realizar que, en la muerte, así como en vida hay valor al no rendirte. Me servirá nuevamente el analizar los pasos a seguir en caminos desconocidos como él me lo enseño. Si mi papá viene por mí, yo solo sé que, aunque me duela despedirme de mis seres vivos lo haré con la misma calma en que lo hice el día en el que yo me tuve que despedir de él. Si ese día mi papá me viene a buscar yo sé que he llegado al verdadero paraíso; pues solo se llamaría paraíso si todos los seres a quienes amas en vida te acompañan en el descanso eterno de la muerte. Es así y solo así que cuando la gente parada frente a mi cuerpo inerte diga: "Que descanse en paz", mi alma se llenara de alegría; pues ese descanso eterno lo estoy emprendiendo como lo hice en vida de la mano de mi papá....

Es Por Ti

V iejo el día que partiste de este mundo, no te fuiste de mi vida. No puedo decir que siempre te recordare, pues eso sería mentir. No se puede recordar lo que está presente todo el tiempo. Tú estás presente en mí, no importa tu estado físico; soy la directa reflexión de lo que tú me enseñaste a ser. Si soy justo es por ti. Si me detengo a analizar lo que debo hacer ante situaciones difíciles es por ti. Si nunca encuentro como rendirme sin dar la lucha, eres tú él que lucha, y si puedo tratar a toda persona con el debido respeto, es por ti. Cuando me molestan las injusticias y pierdo el control es por ti. Cuando rio de situaciones que a otros le causan rabia, es por ti. Y cuando la voz de mi conciencia me ataca al sentirme avergonzado de haber hecho algo injusto o de rendirme sin tratar, es por ti. No hay que decir que te recordare, pues nunca dejaras de estar presente en mí. En mis acciones y en la forma que me enseñaste a vivir. Tú eres la voz de mi conciencia. Nunca podre dejar de enseñarles a mis hijos lo que a mí me enseñaste tú. Y aunque físicamente ya no estés conmigo, mientras yo respire y tenga vida, tu memoria y tus enseñanzas no morirán. Es por eso por lo que puedo decir que no puedo recordar lo que aún vive en mí...

Caminos Eternos

AQUELLA MAÑANA SE SENTÍA perfecta, la brisa en los llanos de aquel campo refrescaba el cuerpo con la humedad del rocío mañanero que se regaba entre las flores. A través de aquel llano caminaba la mujer. Bella, taina en complexión muestra viviente de su herencia nativa. Su estatura mediana, color trigueño y su pelo hasta la cintura, el cual se mecía con los vientos húmedos que tocaban su cuerpo joven con el mismo rocío que humedecía las flores. El sol brillando en el horizonte le proveía calor de vida. Las rosas rojas, amarillas y todas las otras flores silvestres se arrodillaban a su paso como muestra de reverencia a la presencia de sus bellezas: físicas y espirituales.

A lo lejos se escuchaban a los pitirres y las reinitas cantarle alabanzas de admiración con los coquis haciéndoles de coro; pues la presencia de aquella mujer llenaba de paz y felicidad a aquel llano entre las montañas. En el camino alguno que otro cuervo lleno de envidias, trató de hacer su paso al horizonte más difícil. Más sin embargo la mujer perseveraba sin dudar de su resolución de llegar adonde se dirigía. No se dejó manchar de orgullos falsos, ni de odios vacíos conservando así su hermosa esencia, la cual se desbordaba de su cuerpo y a su vez compartía con todo aquel con quien encontró en su paso. Desde arriba de la loma, su paso angelical dejaba a cualquier observador en un trance espiritual el cual no podían explicar. La mujer miraba a todas direcciones con una sonrisa en sus labios por los cuales dejaba escapar su inmensa felicidad de vida a través de una canción. A lo largo de aquel camino, cada mata que tocó con sus dedos floreció de casi inmediato dándole al mundo muchas de las flores a las cuales ella había regado. Su camino al horizonte sublime en todo sentido de la palabra producía una paz y una resignación de la cual pocas personas poseen.

Al tope de las montañas acudieron sus más codiciados ángeles a verla caminar por aquel valle de la vida una última vez. La mujer miró hacia arriba y sonrió de una manera digna de ella misma. Aun sabiendo que el camino que tomaba era de nociones eternas, sonrió y levantó sus manos para decir adiós a sus ángeles caídos. Cada uno imperfecto de su propia manera; aun así, cada uno igual de importante para ella. Fue así como aquella mañana la hermosa mujer desapareció en el horizonte dejando atrás un valle lleno de flores que, aunque de diferentes colores y de diferentes clases, compartían la esencia de aquella mujer que las regó con amor, generosidad y compasión, además de determinación y fuerza de voluntad.

En un sublime instante la mujer desapareció en el horizonte dejando un gran vacío al mismo tiempo que dejaba un gran ejemplo de vida. Es así como prefiero recordar la vida de mi abuela Toña, pues así deberían de haber sido sus últimos días. Y aunque no fue aquí adonde ella caminó por ese valle, sé que en su eterno descanso hay un valle así adonde ella será eternamente feliz y el valle será eternamente bello, pues mi abuela Toña regará con su hermosa presencia y con su gran amor todas las flores de la eternidad...

Autobiografía

Nací en el centro médico de Rio Piedras de San Juan, Puerto Rico en los años setenta, pero soy de un barrio rural de Trujillo Alto. Soy de una familia pobre y por supuesto asistí a las escuelas públicas del pueblo. Mi primera escuela fue la escuela elemental José Julián Acosta (clausurada). Mi segunda escuela La Segunda Unidad Rafael Cordero (clausurada) y mi escuela superior fue la Vocacional Miguel Such. Luego completar esta última me mudé a Nueva York y ahí atendí dos colegios del sistema universitario de CUNY (City University of New York), adonde completé mis estudios universitarios.

Durante mi niñez trabajé en diferentes cosas, como lo fue el recogido de latas de aluminio con mi viejo por todo el barrio y los barrios adyacentes. También aprendí a pescar para vender pescado frito y en ocasiones también vendíamos dulce de coco y otras cosas como alcapurrias y diferentes frituras. Durante algún tiempo en el barrio no había agua potable, lo que nos forzaba a ir a bañarnos a un manantial adyacente a nuestra humilde casa. En los años ochenta, mi papá, mi hermano mayor Félix y yo trabajamos para agrandar la casa que era muy pequeña con las ayudas que proveía el municipio para familias de bajos ingresos, y ahí también aprendí un poco de construcción para defenderme. A través de todos esos años nada era fácil, pero tampoco insuperable, y de los ejemplos de mis padres aprendí a ser lo que soy hoy, un hombre de trabajo. Nunca escuché a mi papá quejarse de la situación; más, sin embargo, hoy como adulto comprendo que se callaba todo lo que le causaba preocupación o dolor con una dignidad que muy pocas personas poseen. Aunque esto fue parte de mi niñez, hoy en día no me avergüenzo ni me quejo de nada, pues de mi viejo aprendí, que la lucha es parte del camino de la vida.

Aunque en el presente tengo un grado universitario, no le doy mucha importancia; pues para mí un papel no te cualifica como buena persona y pienso que, si me encontrase haciendo eso, le estaría faltando el respeto a mis padres y abuelos. Por eso en mi vida siempre he tratado a la gente con el respeto que me tratan a mí, como me lo enseñaron en casa. Eso no quiere decir que no aprecio las oportunidades que mi educación me ha brindado. Por el contrario, vivo eternamente agradecido de todos mis maestros que a través de mi vida educacional me enseñaron todo, y sé que sin su dedicación y empeño yo no hubiese logrado salir de la eterna pobreza en la que nací.

No pretendo ser perfecto y tampoco que otra gente lo sea. En lo personal odio las reglas de etiqueta, especialmente las que me piden comportarme de una manera u otra. Me gusta reírme de todo y eso es algo que aprendí de mi familia por parte de mi papá, no teníamos mucho, pero no andábamos lamentando que otros tuvieran más que nosotros. Mi papá "Felo" siempre fue para mí la persona que más admiraba, pues su tenacidad y determinación ante los retos me enseñaron a vivir con ánimos sin estar mirando hacia atrás tratando de cambiar lo que no se puede. Es por eso por lo que el retrato que incluyo en mis libros es de él, pues sin sus ejemplos de trabajo y lucha, yo no estaría aquí escribiendo historias para honrar su memoria y mantener parte de su historia viva a través de estas letras.

Otros Trabajos del Autor

ESTIMADO LECTOR: SI TE gustó este libro, te invito a compartir tu opinión en las redes sociales.

Escanea el codigo QR para ver otros trabajos del autor

Libros Talanco

Ayúdame a llegar a más personas para que también disfruten de mis historias.